过江草

GUO
JIANG
CAO

宫敏捷 著

深圳出版社

图书在版编目（CIP）数据

过江草 / 宫敏捷著 . -- 深圳：深圳出版社，2024.1

ISBN 978-7-5507-3892-8

Ⅰ．①过… Ⅱ．①宫… Ⅲ．①长篇小说－中国－当代 Ⅳ．① I247.5

中国国家版本馆 CIP 数据核字 (2023) 第 154931 号

过江草
GUOJIANGCAO

出 品 人	聂雄前
责任编辑	邱玉鑫
责任技编	陈洁霞
责任校对	万妮霞
封面设计	度桥制本 Workshop

出版发行	深圳出版社
地　　址	深圳市彩田南路海天综合大厦（518033）
网　　址	www.htph.com.cn
订购电话	0755-83460239（邮购、团购）
设计制作	深圳市度桥制本设计有限公司
印　　刷	深圳市华信图文印务有限公司
开　　本	787mm×1092mm　1/32
印　　张	7.75
字　　数	132 千
版　　次	2024 年 1 月第 1 版
印　　次	2024 年 1 月第 1 次
定　　价	42.00 元

版权所有，侵权必究。凡有印装质量问题，我社负责调换。
法律顾问：苑景会律师 502039234@qq.com

前言

文字的封印

出于现实的不美好,二十多年前离开故土后,我就鲜少回去。远离那片土地上我曾跋涉过的高高低低的山丘、深深浅浅的河水,也远离那一方土地滋养出来的生民。我甚至是带着一点儿淡淡的恨意从远处意味深长地打量着她的,每每与外人谈论起她,我都会不厌其烦地强调她的险恶、阴沉、自私、狭隘、斤斤计较和目光短浅,似乎还事关伦理、背叛、欲望和许多不可言说的隐秘。

也因了这样的恨意,我才会对她有话可说,并写出了一部又一部与她有关的小说。一开始,我只想着讲述一些与她有关的故事,但不提及她的名字和具体方位。用的都是一些模棱两可的概念与指称,以便自己毫无顾忌地将她阴暗的那一面翻滚出来暴晒在太阳之下,自己又可以躲藏在文字背后,跟着他人一起手指着她,咧嘴耻笑。

没承想就是在书写她的过程中,我逐渐了解到,其实文字是有颜色、气味、情绪和力量的。也是了解到文字自有其力量,或者我自认为文字是有力量的之后,我才更加审慎也更加严肃地对待自己的内心、自己的文字,以及我的文字所表现的那一方水土、那一方人。尤其当我将那种所谓的不美好放在人文、历史和一方生民生生不息的命运及不可预知的未来里去思考时,我找到了调和自身内心不适的方法,也找到了调和自己与不美好的现实之间紧张关系的方法。

或者说,当我在翻晒阴暗及打捞沉渣的时候,也将掩埋在沉渣里的那些坚硬、不朽及带着温度又亮闪闪的物件,一样一样打捞出来。他们事关隐忍、克制、谦卑、勤劳、善良、无私,以及许许多多原本稀松平常,放到当下却又是那么朴素、淳良的美德。还有岁月更替中,生而为人的蓬蓬勃勃的生命力和不可避免的悲欣交集。他们是事物的另一面,是善与恶的对立,是我可以超然接受一切后,需要用文字本身,而非掩藏其间的所谓的发泄、批判、揭露,去细致入微地向世人呈现的东西。

或许是出于同情、补偿,抑或只是一种单纯的美好心理,我几乎被使命般的情绪驱使着,写出了更多与我的故土有关的小说。每一座村庄、山丘、桥梁、工厂和城镇,每一条溪水、河流、街巷、道路,乃至于亘古不变的河谷,以及散布其间的花草、树木、牲畜与生民。因了他们的不为人知,便尽可能地将他们具象化、实名化。一如我在上一本书里所讲述的那样,"云贵高原越是浩渺,乌蒙山越是辽阔,他们越是退隐到大地的最深处,其与众不同的生活及不可捉摸的命运,越应该被更多的人所知晓"。

　　但这似乎还远远不够，接受现实、记录现实与让现实活起来不是一回事。活起来的现实里，那些在岁月的烟尘里屹立不倒的东西是否超拔出来，又是更高层次的东西了。如何把握他们，推崇他们，又成了我对自己的更高要求。为了做到这一点，所谓"衣不如新，人不如故"，我又变成了一个念旧的人、念家的人，并循着各种缘由，一而再再而三地回到故土，回到乌蒙之巅，回到她的山山水水里。还通过各种方式，搜寻阅读关于她的书籍。到头来，我成了身在他乡，却又比故乡的人们更了解他们脚下那片土地的人。我知道河谷两岸许多姓氏的祖籍根序；知道抹着我们村子向远方延伸的省道与铁路哪一年修建，哪一年通车；知道哪一座山头曾经于哪一年发生过剿匪战役，死了多少人；还知道在我们二塘镇上成立的游击队是哪一年、哪一月、哪一天开拔到县城并将它解放……知道每一种花草树木，给予了它们脚下那片土地以及土地上的人们，多少的柔情与深意。

　　随着对她越来越深的了解，我慢慢发现，其实我知道的，只是她的过去，而非现在。在当下的生活中，我走近她的时候，其实她早已经远离了我。那些在我离开的日子里嫁进来的女人当我是客人，土地上生长出来的孩子当我是陌生人，许多的山头被推掉，许多的溪流被改道，我在新修建的道路上一次又一次地迷失了方向。同是一方水土养育出来的人们，已经跟我说着不一样的话语体系，玩着不一样的游戏，唱不同的歌谣，每天吃喝到肚子里的都不是一样的东西。唯一不变的，似乎只有死亡和跟死亡有关的东西——一样要经过繁复的起经、绕棺、过电、铺灯、下祭、出殡、下葬、送火、回魂及拿地气等法事程序，让一个人变成一座坟茔，继续屹立在二塘河谷的山头，在另一种未知的现实里经历着风风雨雨。

最近的一个，是我的大哥。他是在二〇二三年四月，五十出头的年纪，像我笔下的某个人物的翻版一样，凭着意念让自己死去的。最后与我的爷爷和母亲埋葬在同一个山头的不同朝向。他们的前方山上埋葬着我的姐姐，他们的后方山上埋葬着我的奶奶和父亲。处理完大哥的丧事后，在宫崇效、尹光明、刘成卫的陪同下，我去拜见了年近古稀的张光奎老师，说起了我们在二塘中学时的许多人和事。他是我平生见到的第一个将自己的文字变成铅字的人。我上中学时，他以校长的身份教过我们语文、政治，还当过一段时间的班主任。隔着一二十年的烟尘，许多我一直坚信不疑的东西其实不曾发生过，真实发生过的事情我却又没半点儿印象。最后都被张老师珍藏多年的竹根酒变成杯间趣事，送到眉间，也顺着喉咙入心入肺。

张老师酒后紧紧地拉住我的手说，故乡的好多东西早已消失且快要被人遗忘了，他一直梦想着写一本书，好好记录一下家乡的山山水水，以及岁月更替中，风雨对她的洗礼和她的每一次浴火重生；更要写一写故乡每一个活着或死去的人，为他们的存在留下痕迹。但收集过一段时间的资料后，囿于现实条件和自身精力，梦想早已不能变成现实。所以，他带着酒气一再对我说，你可以，且一定要继续好好写一写我们这个地方，还有我们这个地方的人。他心里知道，这样的小说我是早已写过一批的，但说这话时，他尚不知道的是，这样的小说我又写了一部，那就是《过江草》。

在一次次的回乡停留中、在故乡的变与不变中，无须任何人提醒，我早已深刻领悟到，不管现实是否美好，我们都在双向远离。与此同时，所有远离的东西，既在无限远离她，也在无限远离我。我们都只可追忆，不可挽回。或许是故乡于我有着时间与空间的距离，又出于一种根植血脉的情怀与初衷，促使我书写她、书写那些离我们而去的事物的心情变得更加急迫。这个世界上如果还有什么东西能使她的过去始终鲜活、温暖，在我们追忆的时候内心充满力量，定只有文字。只有它才能封印住过去的时光、人物，以及一切永远都不可能重来的事物。

二〇二三年五月八日　深圳

目录

过江草 / 1

鱼　变 / 203

过江草

一

第二场雪下过之后，奇奇才能知道过江草的秘密，现在才九月呢，太阳每天都明晃晃的。奇奇和同学们坐在教室里，逆着光恍惚看向学校对面的山野，每一个孩子都能在阳光里看到一串又一串纯净、通透的圆形光斑，每一个光斑里又燃烧着一朵五彩缤纷的小火苗。如果你不曾到过二塘河谷，你就不认识过江草，或许你都不曾听过这个名字。

二塘河源自乌蒙山深处，云贵高原最高峰韭菜坪下，是千里乌江的源头及干流。河谷的每一块浅滩、沙地，甚至那些太阳照射不到的地方，你都能看到过江草。它浅黄的身子匍匐在大地上生长，随着地势的起伏，一片一片蔓延开去。野火烧不尽，洪水冲不走。茂盛时牛羊啃食，秋冬时种地的农民把它们从土里刨出来，一把火烧了，当作肥料。第二年春天，它又会从二塘河谷的每一个地方顽强生长出来，细碎又青绿的叶片簌簌抖动着，借着穿过河谷的微风，向人们讲述这片土地上每一个生民的故事。其中一个是奇奇的，或者说是奇奇耶耶[①]的。这便是过江草存在的意义，也是过江草一直守护着的秘密。它的秘密还不止

[①] 方言词，读音为 yé ye，是对祖父、叔父、父亲的称呼。此处用于称呼父亲。

这些呢，不过奇奇也得入冬之后才能知晓。现在才进入九月的第二周，学校刚开学不久。昨天中午回家吃饭时，二姐说，耶耶和妈妈明天晚上应该会回来了。

"你怎么知道？"奇奇问。

"我就是知道。"二姐说。

"你是猜的，"奇奇说，"对吧，二姐？"

"这个你别管，"二姐说，"反正我就是知道。"

"你骗人的，"奇奇说，"他们不可能这么早回来的。"

"你是怕妈妈回来，打你的屁股吧？"

"为什么要打我，我做错什么了？我不是一直都很听你的话吗？"

"你真好意思说。"二姐说，"你要真听我的话，就不会跟人打架了。"

"我没打架。"

"你没打架？"

"我没有。"

"打没打，妈妈回来，你自己跟她说吧。"

妈妈带着耶耶离开家时，一再跟奇奇交代，在家要认真学习，听二姐的话，不要去山上野，更不要去格扭大桥下玩，总之不能去她觉得危险的任何地方，也不要给她惹出各种不可收拾的乱子。昨天的事情算怎么回事呢？奇奇不知道。晚上放学后，他没等堂弟五武和邻居小莲一起走，一个人快速跑回家，丢下书包拔腿往大水井边跑去。比他腿脚更快的鱼儿，正带着春春、班明、宁儿、唐儿在水井边的打谷场上大呼小叫地玩纸板游戏。同是二塘河养育的孩子，鱼儿比其他孩子水性都好，称之鱼儿，是他能像一条鱼在水里长时间沉潜。多深的漩潭，他都敢带着一瓶生石灰沉到水底，将瓶子塞进一个个鱼洞，打开瓶盖又快速浮上来。不一会儿，许多白条鱼，大的斤把重，小的二三两，纷纷翻着白肚漂到水面。鱼儿的本领是跟他哥哥学的，他哥哥又是跟他爸爸学的，他们一家都是天生的好水性。他哥哥叫科科，敢跟他开玩笑的叫他蝌蚪。科科还在果花村村口那个漩潭里救过奇奇一命。

二

果花村紧挨202省道，村头也有一条一年四季哗啦啦流淌的小溪。每年雨季，小溪都要发几次大水，冲毁村里百姓出村的道路，将全村人封在村里。二塘河流经那儿，河道不再平坦，甚至突然收窄，汇入一条流量极大的小溪后，前方又被巨石阻截，回漩的激流生生把果花村一块麦地淘成一个深达几十米、顺时针飞快旋转的漩潭。村里每一个男孩子，早晚都要下到漩潭里游一回，能成功上岸了才算真的会游泳、有胆识。奇奇尝试多次都不敢下水，只是坐在潭边的石头上，眼见着村里与自己同龄的十几个孩子一个接一个跳到漩潭里，有的骑着充气的拖拉机轮胎，有的骑着根粗粗的枯树，在漩潭里转圈子。一个骑着轮胎的男孩，每转一圈，经过奇奇身边都要喊一次：

"奇奇，下来啊。"

每喊一次，奇奇都摇头。

"哈哈哈，"另一个男孩说，"他不敢下来，这个胆小鬼。"

经他这么一喊，所有孩子都看着奇奇。坐在河对面沙滩上抽烟、打牌的那群男孩，也有人回头看着奇奇。他们比奇奇这帮孩子大几岁，在他们看来，奇奇这群孩子玩的都是他们玩剩下的。

"谁说我不敢了？"奇奇红着脸说。

"那你下来啊。"那个孩子说。

奇奇抓着凸出的岩石，想慢慢滑下去，还没做好准备，那个男孩又转一圈回来，从轮胎上踹他一脚。奇奇扑腾一下沉入水里，激流裹挟着他越沉越深。总觉得漩潭的中心是一个漏斗一样的无底洞,自己会被一股巨大的力量拖进去,一直冲到大山深处的地下暗河里,再从某一道悬崖缝隙里喷涌出来。想着这些,奇奇双腿使劲蹬踢,双手拼命往上扒拉,头一下冲出来,差点撞在一个孩子骑着的枯树上。他顺手抓着那截枯树,跟着它,在漩潭里不花一分力气地转圈子。眼见着其他孩子一个个玩够了、尽兴了,故意抛下他,带着轮胎和枯树,纷纷爬到潭边的岩石上,想看看他的水性到底怎么样。一个喜欢吹牛皮的孩子对着河流大声喊道:

不扯白来不扯白,
扯起白来了不得;
三岁走湖广,
七岁跑川北。
我在川北楼上歇,
反手抓个大母虱;
一刀杀进去,
血淌半个月;
灌满九丘田,
还待八桌客。

"我厉不厉害？"喊完，他问其他孩子。

"厉——害——"好几个人拖着长腔回应。

奇奇尝试几次都无法上岸。岩石太滑，激流旋转时撕扯的力量又大，好几次都将他摔打在岩石上，膝盖猛地一阵生疼，或许都破皮了，出血了。他没好意思喊岸上的人拉自己一把，等他想喊时，他们看得不耐烦，都下水游到河对岸，看别人打牌去了。随着力气一点点耗尽，好几次奇奇都被激流一直旋到潭底，又拼命游上来，嘴里灌进去好几口带着泥沙的河水。这个漩潭里淹死过村里的几个孩子，还有无名死尸从上游漂下来，在潭里如奇奇一般无可奈何地转着圈子。过一两日没人来找，才会被某一个实在看不下去的人提着一根长长的竹竿，戳回河道中央随水而去。

到漩潭里游泳，挑战的不只是深水及被其裹挟时的力量，还得有无惧无畏的胆魄。念及这些，水里似乎伸出几双带着寒气的大手紧紧抓住奇奇的脚踝，将他往水底拖去。奇奇喊救命，嘴张开来，灌进去的又是一口带着泥沙的河水。好多滑溜溜的东西紧贴在他身上，不是树叶，不是鱼，却如树叶那样柔软，鱼儿那样灵活。"完了。"奇奇对自己说。与此同时，一个人快速游过来，捞着他尺余长的头发，一把将他提出水面。这个人便是鱼儿的哥哥科科。他先救人，将奇奇拖到潭边的岩石上，又左右开弓在奇奇脸上甩了两个巴掌。

"你是不是在河里抓我妹了？"科科骂骂咧咧地说。

他爸爸只他和鱼儿两个孩子，哪来的妹妹。没等奇奇问，科科已下河往那边的沙滩上游了，在河里回头瞪着奇奇，又说：

"你以后给我小心点儿。"

奇奇有些懵，以为科科是怕他被漩潭旋晕过去，想打醒他。听科科丢下这么一句话，才明白过来自己被人打了，还是故意的，这才觉得脸上火辣辣地疼，可依然没弄明白，科科家哪里又来了个妹妹。他不能游过河去责问科科，也不能跟科科打上一架，胆怯中还夹杂着懊恼及莫名的悔恨，心里想的是，自己以后都不能去科科家玩了。

村里许多孩子都愿意跟着鱼儿和科科，可以时不时吃上一顿美味的鱼肉或鸟肉。他们能下河用生石灰烫鱼，也能从家里拿出两三条火药枪，带着几个人上山打鸟。鸟枪是鱼儿爸爸花钱从苗族邻居那儿买来的。他们家有钱，可以买这个买那个：村里第一辆国产吉普小轿车——孩子们叫它"反帮皮鞋"——是他们家的，第一台黑白电视机也是他们家的。每天入夜，《铁道游击队》都要连播两集。看完电视剧，鱼儿爸爸又打开录像机，放两集香港拍的

《绝代双骄》。对关系不好的人，鱼儿是不让进门的，扒在窗户上看也不行。他爸爸是二塘磷肥厂的承包人，权力相当于厂长，村里许多人都是通过他爸爸的关系进入磷肥厂谋一份事做，拿一份工资。其他孩子的压岁钱能有一块两块已经很不错了，鱼儿却能一伸手从裤兜里甩出一二十块来，想玩什么烟花，想吃什么零食都可以。

三

经过打谷场时，奇奇本不想理鱼儿他们。隔着几十米，他便看到他们中的一个用手指了指自己。鱼儿停止游戏，胖嘟嘟的脸颊上挂着几颗晶莹的汗珠，眨巴着眼睛，加快脚步朝奇奇走来。

"假姑娘，"鱼儿说，"快来玩纸板。"

"不玩，"奇奇说，"我还有事。"

"什么事情？"鱼儿说，"玩一下再去不行？"

"不行。"奇奇说着，几乎是小跑着从鱼儿身边快速离开。

"你那么火急火燎的干什么？"

"都说有事了嘛。"奇奇头也不回地说。

"我知道了，"鱼儿说，"你耶耶死了对不对？你急着上山去埋他。"

"你耶耶才死了。"奇奇说得很轻，风还是把话吹到鱼儿耳朵里。

"你说什么？"鱼儿飞快跟来，像一小堵厚实的墙挡在奇奇前面，说，"有本事你再说一次。"

"你听到我说什么了。"奇奇说。

"刚才没听清，"鱼儿说，"你有本事再说一遍。"

奇奇蠕动着嘴唇，嘴巴里一个字也没吐出来。跟鱼儿一起玩纸板的四人围拢过来，眼睁睁看着奇奇。

"胆小鬼。"鱼儿又说。

"你刚才骂我了，我回你一句怎么了？"奇奇说。

"我骂你什么了？"鱼儿说。

"你说我耶耶死了。"

"你耶耶没死你跑什么，喊你玩个纸板都不行。"

"你耶耶才死了，你妈也死了，都变成骨头了。"奇奇反驳道。

鱼儿爸爸活得好好的，以前每天都能看到他开着"反帮皮鞋"在村里进进出出，见到关系好的人便"嘀嘀"按几声喇叭。不过他搬到新合小学一室一厅的教师宿舍去住已有大半年时间了。村里大多数人家住的还是板壁瓦房、红砖瓦房，有的人家住的还是泥墙茅草房，鱼儿家三年前就已建起一栋五百多平方米的水泥平房。刚刚完工，还来不及住进去，鱼儿妈妈便病倒了。从威宁到水城，再到贵阳的医院，前后治疗半年多，命还是没保住。

两年后他爸爸又娶了一个小自己八九岁的老师。她是从威宁县第一小学调派到新合小学当教导主任的，圆脸，头发粗黑，喜欢穿粉色的毛衣和蓝色的裙子。不知道有没有婚史，有没有孩子。眼见着她坐鱼儿爸爸的"反帮皮鞋"进出几次村子，便跟鱼儿爸爸大操大办地结婚了。鱼儿两兄弟跟妈妈感情深厚，妈妈一砖一瓦建起来的房子一天没住过，就变成另一个女人的家了。他俩坚决不同意爸爸结婚，爸爸坚持结了，他俩又坚决不让那个女人住进来。胳膊哪里拧得过大腿呢，他俩只得对那个女人说狠话，说：

"我妈妈做鬼也不会放过你的。"

果然出事了。鱼儿常跟人说，每天晚上爸爸若不在家，卧室里只有那女人，鱼儿妈妈便来拜访她。她先从门里进来，门关住了又从窗子里进来。冷着脸，龇着牙，跟那个女人争床睡。两个人开始吵，继而打，动静好大，能把家里其他人吵醒。推门看，两个女人都披头散发的，根本分不清谁是谁。

只要有几个人聚在一起,鱼儿便在上一版本的基础上,把这个故事添油加醋说上一遍,真假难辨,却害得全村人都不敢再跟那个女人说话。见着她,孩子们都跑得远远的,用异样的眼神看她,似乎她身上在咝咝冒着阴森的寒气。鱼儿在新合小学读书,他在村里说,在学校也说,吓得好几个孩子都不敢在那个女人的班里上课。有人说这是哥哥编造了教鱼儿的,也有人说是鱼儿奶奶教的。真相是什么,没一个人知道。总之那个女人坚持住了两个三月,便搬回教师宿舍去,再也不来村里了,鱼儿爸爸也跟着住过去。现在那栋大房子里,只住着鱼儿奶奶和他们两兄弟。他们家依然是村里最有钱的人家,除了妈妈,鱼儿两兄弟什么都不缺。或许也因了这个,鱼儿和他哥哥最痛恨的便是别人说他们的妈妈。

鱼儿当下怒了。他把手里捏着的几块纸板往地上一丢,气势汹汹地近前两步,趁势在奇奇心口捣上一拳。

"打起来了,打起来了。"鱼儿的几个跟班起哄说。

鱼儿得到鼓励,又在奇奇胸口鼓捣两拳,还使用《铁道游击队》里学到的动作,对奇奇使了一个扫堂腿。奇奇跳起来躲开了,与他拉开一点距离看着他。奇奇感觉自己的眼睛里有了泪意,他拼命忍住,生生把涌上来的泪水忍回去。

"被他躲开了,被他躲开了。"鱼儿的那几个跟班又说着。

鱼儿看着他们,有点儿不好意思地笑笑,跟过来用力在奇奇小腿上踢了一脚。这一回奇奇没躲,故意让他踢。本以为他踢一下,解气就够了,哪知他在几个跟班的鼓励下一而再再而三踢奇奇五六下。奇奇一直在逃跑与反击中犹豫,后来还是决定跑,往沙树林方向跑。刚跑出去几米远,鱼儿又带着那几人追了上来。鱼儿跑在最前面,嘴里喊道:

"给我追,打死他。" 口吻也是电视剧里学来的。

奇奇打心底害怕了,他弯腰捡起一块石头,不假思索地扔出去,不偏不倚正好打在鱼儿的耳朵处。他听到"咚"的一声,这声音经过脑海回旋后似乎更响了,变成"咣咣"的声音,还一直响个不停。说起来,还是怕自己惹出祸事来脱不了身,于是奇奇站住,等着鱼儿他们追过来。他看到鱼儿的耳朵被石头削掉一小块皮,一抹红红的血水浸出来,汪在那个口子上。鱼儿哭了,对着奇奇一阵拳打脚踢。几个跟班没动手,只把奇奇团团围住,让鱼儿毫无忌惮地乱打。

"你们干什么?"

一个浑厚的声音在大家耳边炸响开来,村里的赌棍罗小举出现在他们面前。不知道他从什么地方冒出来的,似乎很久没睡觉了,双眼布满血丝,或者只是酒喝多了,走起路来腿在打颤,身子也是飘的。他是鱼儿的堂伯父,奇奇以为他会帮着鱼儿,教训自己一顿。哪知他根本不关心他们为什么打架,他来到几个孩子身边,伸手在鱼儿脑袋上拍一下,说:

"放学了也不回家,在这里打来打去的干什么?"

"他用石头打我了,"鱼儿带着哭腔说,"你看,都出血了。"

罗小举抹过他脑袋一看,又说:"你不是也打人家了吗?给我赶紧回家去,"他对鱼儿的几个跟班说,"还有你们,赶紧滚。"

"伯伯,"鱼儿说,"他在河里抓妹妹,你还帮他?"

"小孩子家家的,"罗小举说,"这算个屁啊,赶紧给我回去。"

鱼儿封着奇奇衣领的手松开了,那几个跟班合围的圈子随即缺出个口子。奇奇赶紧拔腿狂奔,心里对罗小举充满了万分的感激。

四

罗小举一个人住在打谷场边一间泥墙茅草房里,年纪比奇奇的耶耶大上几岁。他没上过学,除了骰子和麻将上的各种符号,不认得其他字。除了赌博和喝酒,他什么都不喜欢,整天四里八乡地跑,哪里有人赌钱,他的身影就出现在哪里。农忙时,他才会老老实实待在家里,种庄稼,收粮食。

他有过短暂婚史。赌得太凶,输赢本是常事,他输了钱会回家拿老婆出气,喝醉酒了就往死里打,老婆经常伤痕累累的,都不好意思出门。有一年,听说他输急眼了,拿刀子捅人,公安要抓人,他大半年时间都不敢回家。等他回来,老婆已经跑了,听说跟的是住在木冲沟深山里的一个男人,还带走了罗小举唯一的女儿。

奇奇家有一块菜地,正好在他屋子后面,奇奇经常会去地里割菜,偶尔碰到他一次,也基本没说什么话。在罗小举眼里,奇奇只是个孩子。面对孩子,他似乎是一个沉默又严肃的人,身材矮壮,有点儿秃头,有黑亮又粗犷的络腮胡子,看人的时候,眼睛鼓得圆圆的,显露出假模假样的凶相。奇奇因而更不敢跟他说话,甚至回避着他的眼睛。跳过他门前浅浅的水沟往地里去时,奇奇会匆匆从门前走过，也匆匆扫一眼他家黑乎乎的门洞。

大多数时候，罗小举家的房门是锁着的，每过三两个月才能看到他一次。回到家里，似乎除了睡觉或天气特别冷时，他才会一个人置身小屋里，守着火塘弄出窸窸窣窣的响动。其他时间，哪怕下着小雨，他都会拉一张自己做的原木小板凳坐在茅草屋下，吧唧吧唧抽着旱烟，有一句没一句地跟过往的挑水人或其他村子行色匆匆的熟人搭几句话。第二天你若真有事去找他，估计他又消失了，不知道藏身何处，暗无天日地赌博。

还别说，他这样跑来跑去，竟阴错阳差地把女儿找了回来。女儿属牛，大奇奇他们属龙的孩子三岁，看着也才高出奇奇半个脑袋。她清清瘦瘦的，穿着明显大一号的花格子的确良衣服，还用红头绳扎着两条粗黑的辫子。村里同门亲戚，包括鱼儿家，都请她吃一顿饭，留她住一两天，各家送她一套衣服，或橘子罐头、饼干、大白兔奶糖等零食。鱼儿偶尔去什么地方玩，还把她带上。奇奇才知道，科科所说的妹妹就是她。也因了这个，奇奇一直不好意思跟她说话。大家都劝罗小举，女儿回来了，不能把她一个人丢在家里，就不要到处乱跑了，能不赌就别赌，在家把女儿好好带大，比什么都强。不知道罗小举听进去没有，不过这阵子，他都老老实实待在家里，要不然也不会神兵一样出现，救奇奇于水火之中。

五

奇奇一口气跑到沙树林下的村属鱼塘边，猫在自家茶叶地里，安静地等了两三个小时。他在学校意外听到一个老师说，昨天经过鱼塘时，有一条鲤鱼跳了出来，被他捡着，回家红烧吃了。奇奇也想来碰运气呢。好多的青鱼、草鱼、鲤鱼和川白条，在水里划拉出水花和小小的旋涡，游过来游过去，却没有一条往外面跳。隔着一片水田的小溪里，几个用红头绳盘着头发的苗族妇女坐在岩石上，高高举着棒槌，使劲捶打刚刚织好的麻布，一边歌声婉转地唱着织布歌：

一织天上明月亮，
二织故乡二塘河，
三织铜盆哥洗脸，
四织青山太阳落，
五织龙王闹江海，
六织牛羊遍山坡，

> 七织天上七仙女，
> 八织麻布下染锅。
> …………

　　捶打好的麻布在小溪边茂盛生长着的过江草上青灰灰铺了一大片。眼见着太阳滑落到茶山小学后面的小山上，风把它撕拉出一条条连天接地的晚霞，往自己这边的天空飘过来。苗族妇女们已停止捶打，起身收拾洗干净的麻布往家走。再看鱼塘里，鱼儿们或沉入水底，或躲到岸边草丛里，动静都越来越小。奇奇想捡一条鱼回家给多日不见的耶耶改善生活换换口味的愿望，又落空了。

　　耶耶病了，而且很重，妈妈把他送到医院治疗去了。这是他第三次因病入院，住的是水城县人民医院，离村里五十多里地。对奇奇来说，那是一个远得只有二塘河才能知晓、才能抵达的地方。他从未去过，连它在哪个方位都不知道。这几年里，耶耶的身体时好时坏，让他受了不少的罪，身体上的、思想上的，还有奇奇这个年纪的孩子无法了解的方方面面。打他记事，耶耶就在茶山小学当民办教师，还负责为村里同一宗族的人义务整理族谱，谁家拾得什么材料，都送到他这儿来。他自己也会亲自去收集，水城县、威宁县，凡是有同姓人户的地方，都抽空找着去，借人家族谱来看，回家再在一本珍藏起来、不轻易示人的笔记本上不断增添文字以及各种能指向具体地理位置的奇怪符号，用钢笔和铅笔画出一个巨大的树状图案来。

"知道来处来，才能去处去。"耶耶说，"你们还小，不懂得这个。"

不懂那就不问，奇奇和二姐问的，都是跟学习有关的事情。耶耶教四、五年级两个班的语文，每天带着一大摞作业回家，餐桌当书桌，靠着温热的火炉，带着沉思慢慢批改。餐桌另一端，坐着写作业的二姐，有时候还坐着妈妈。妈妈拿着一根铅笔头，在耶耶指导下，笨拙地学写自己的名字，也学习怎么看日历。

耶耶时不时停下来指导一下二姐，也会停下来给妈妈讲授二十四节气的各种知识。不改作业了，耶耶看书，继续陪着大家。他有一箱子书，族谱及相关资料深埋下面，最上面的四本，正好是四大名著。箱子上了锁，除了他谁也不能动。同村或其他村子喜欢看书的人，有的认识，有的从未见过，偶尔会来家里跟他换着书看。换了书也不走，坐在奇奇家火炉边，跟耶耶聊三国，聊水浒，聊程咬金，聊能受胯下之辱的淮阴侯韩信，也会压低声音，聊一些杂闻趣事。周末了，耶耶得空也扛着锄头，跟大家下地干活。若有人扛着木料前来找他打一个家具，轻便的凳子、椅子什么的，他又会拉开架势，摆上摊子，在自家院坝里忙一阵子。耶耶有全套的木匠工具，全装在一个箩筐里，平时放家里阁楼上，非他允许，也不让人动。他的手艺十分了得，奇奇家的桌椅板凳及装粮食用的升子，全是耶耶做的。大伯分出去住的大儿子家，这一类东西也是耶耶做的。

六

大伯的大儿子叫从册，从册媳妇叫余兰，余家湾子人。他们是晚上没事在水城县钟山区的各工厂间到处找电影看，相互陪着自己的几个伙伴，走到新合街时认识的。月明星稀，和风送爽。路那一边，余兰的一个女伴问她：

"昨晚去你家找你几次都没见到，你跑什么地方去了？"

"她来我家了，你当然找不到啊。"从册在路这一边，这么接一句。

几个女孩冲过来，想看看谁这么大胆，敢惹姑奶奶。七嘴八舌中，他们明月为镜，对了一眼，便再也错不开了。从册是一个新潮又执着的人，为娶到余兰，差点儿用炸药炸塌岳父家房子。热恋那阵子，一个火热的七月，从册听说余兰跟同村一个男人坐在二塘街上有说有笑地吃烙锅，质问余兰是不是喜欢那个男人。受到误解，心有怨气的余兰气咻咻的，回他说："是的，你想怎么样？"从册用行动来回答。当天晚上，他带着自己的兄弟友册和三泰，在新合街上找到那个男的，暴打一顿。隔天晚上，对方又带几个兄弟，依然在新合街上，把从册暴打一顿。

一来二去，年轻人的爱恨情仇演绎成两个家族的纷争。从册这边，本家及村里沾亲带故的男人相互撺掇，彼此动员，带上镰刀、锄头、宝剑，年纪大的把解放初期对付韭菜坪土匪潘小毛的红缨枪都拿了出来，一帮人浩浩荡荡打上门去。双方在水大铁路上鸡飞狗跳地打了一架。从册带去的是几小节平时用在云雾山水库炸鱼的炸药。大家是为他出头，最厉害的武器自然交在他手里。对方的目标人物始终是他，刀枪棍剑朝着他来，保命要紧又急火攻心的从册点燃那几节炸药，这里扔一个，那里扔一个。铁路线上的石子被他炸成天女散花，伤了双方好几个人的身子。未来岳父家的砖墙也被炸出一个炒锅大的窟窿。

彼此有人受伤，村里和余家湾子又分属威宁县和水城县，两地公安人员联合办案，各自抓了几个人去关了十几天，从册就更不用说了。出来后，他厚着脸去找余兰，未来的岳父大人提着乌木烟杆将他打了出来，发毒誓说，余兰死也不会嫁给他的。从册不怕打，连着几天守在余兰家门前，二人却连个面也见不上。神奇的爱情弄得从册骨酥皮麻，失了心智，回到家里躺在床上，一星期不吃饭，嘴唇干得渗出血来，人也瘦得只剩个骨架。奇奇伯娘急了，跳着脚去余兰家，跟她老爹吵了一架，说儿子要死了，他家得负全责。架没吵完，余兰早冲出门去，一口气跑到从册家里。

　　从册和余兰的故事像个传说，一直被村里年轻人津津乐道。只是他身体不好，呼吸系统有问题，伯娘说是胎里带来的，打小开始咳嗽，且怎么也治不好。他们兄弟六人，数从册身子单薄、瘦小，脸上、身上，看哪儿都没有什么肉。一张斜着往下巴颏收的小脸也是蜡黄蜡黄的。他只有喝酒或微笑时，眼神及浑身才具有活泛的生气与张力。从册平生只为爱情拼过命，居家过日子，他不跟人吵，不跟人争，不跟人闹，也不像村子里大多数男人爱上赌钱。他和余兰隐忍而又沉默地生活着，在村子、土地和各种工作场所间，走来走去。

　　余兰瓜子脸，高鼻梁，还有黑黝黝的大眼睛，在跟从册结婚前，奇奇有点儿怕她。从册的弟弟五武常和奇奇结伴而行，两人常在新合街上，抑或去赶二塘集市时，一起碰到她在铁路边烤臭豆腐卖。那时，她都还没过门，婚前的请媒、提亲、定亲、请红等礼仪与流程，却已按二塘河谷的规矩和风俗走完，只待婚期一到，举行最后的迎亲仪式。远远地，她看着奇奇和五武笑，两人也看着她笑。她招手叫他们，要给他们东西吃。他们仍是远远站着，不好意思走过去跟她说话，甚至会绕着她走，继续拿眼睛偷偷瞟她。只有春节时，在欢闹气氛烘托下，两人胆子大起来，才会追着她和从册的身影跑。

从册伙同村里的几个年轻男子，余兰伙同余家湾子的几个年轻女孩，结伴去云雾山水库玩。彼此间，好几对都在恋爱，或者说多多少少有那么点意思。奇奇和五武悄悄尾随在他们身后，看他们怎么谈恋爱，也偷看胆子大一点儿的躲藏在松树林里搂搂抱抱，这让青年人恼火不已。隆冬时节，山里风大，吹得粉的、红的、紫的、白的山茶花十分艳丽又喜气洋洋地开着。风还裹挟着雪花，纷纷扬扬地飘洒在花草上、树木上，在二塘河谷结了厚厚的一层白。两人一边追赶，一边扯着嗓子喊：

"大嫂……大嫂……"

余兰气呼呼的，用黑黝黝的大眼睛扑闪他们，圆圆的脸上晕染着两朵红云。两人继续叫喊，余兰便会停下，黑着脸捡地上的石头，朝两人扔过来。从册见状，也会笑眯眯转过身来，从地上抓起一个雪团，捏紧了，朝着两人扔过来。他俩急忙躲到路旁的小树林里，眼瞅着他们走远了，又赶忙跑出来追上去。嫁进家门后，余兰似乎变了个人，脸上总是挂着笑容，说话也温言细语的，有什么好吃的，都会想着奇奇和奇奇二姐，还有经常跑来找奇奇玩的五武。

七

从册家的房子与奇奇家连在一起，中间那堵墙是双方共用的。房子建在村子中央的磨面坊边上，一家各有一个摆放家神的堂屋，堂屋两边，又各有一个套间。都是红砖灰瓦，瓦片、房梁连在一起，不知情的人们，根本不知道下面住着的是两户人家。从册的房子原本是大伯的，三年前从册结婚时，大伯另行在村子地势较高一点儿的地方建了一栋更大的红砖瓦房，所有的木匠活都是耶耶带着大伯的几个儿子一起完成的，忙得耶耶几个月都没有时间休息。

忙完这事，耶耶又投入紧张的学习中。他每年都要和茶山小学的徐文、伍邵红、薛堡堡等老师一起去县里参加一次公办考试。他们的梦想是考上后去县里的师范学校读三年书，成为公办老师，分配到条件更好、工资更高的新合小学去教书。尽管耶耶十分热爱学习，种地种田也带着书本去，却没有一次能考过。

也因为热爱学习，四年前，耶耶被借调到区粮管所当临时工，负责为前来交公粮的人验收粮食。玉米、黄豆、大米，耶耶一样一样地查验和称重，也认认真真地做着记录。他干什么都舍得下力气，只要一件事情不做完，连吃饭都没什么滋味。常常别人下班休息了，他依然在粮管所忙进忙出，到了不眠不休的地步。粮管所为此做了特别的安排，给他分配一间七八平方米的小宿舍。听说海南的水稻产量是全国最高的，县里选派十几个人，专程到海南学习半年，耶耶也是其中一个。

耶耶回村那天，几乎所有自己能跑动的孩子，包括堂弟五武和常跟奇奇作对的鱼儿等，都跑到奇奇家来，看耶耶从一个黑色皮包里拿出一样又一样只有大海才能生出的神奇物件。有几斤重的乳白色的人工珊瑚，带着放射状条纹，摸着像硬邦邦的石头，耶耶却说那曾是一种动物，只不过已经死了。有五彩斑斓形状各异的贝壳，有的看起来像星星，有的像扇子，有的像村口香椿树上挂着的喇叭，还有的像圆锥，却又鼓起一节一节的肚子。最神奇的是一个像吃饭的小碗那么大的海螺。二塘河谷的水田以及二塘河里，到处都有拇指大小的黑黢黢的田螺，与海螺有着相似的形状，大小却相差十几倍。海螺通红的身子上，又有着暗黄色的走向复杂的条纹。耶耶单把这个海螺拿起来，指着它身上像人的眼睛一样张着的口子，对大家说：

"你们谁见过大海？"

没一个人说话。

"你们可以从这个口子里，听到大海的声音。"

说着，耶耶把海螺递给离他最近的鱼儿。鱼儿兴奋得满脸通红，手都有点哆嗦。他把海螺眼睛一样的开口对准自己的耳朵，左边听听，右边也听听，笑着说：

"真的哦，哗——哗——哗——的。"

另一个孩子及更多的孩子都赶紧接过去，左边听听，右边也听听，一个个发出与鱼儿类似的惊叹。最后，海螺又传到耶耶手里，他又径直递给了奇奇，说：

"这个归你了，好好保存，千万别丢了。"

其他孩子的眼睛齐刷刷地看着耶耶，眼神在耶耶和一件一件摆在餐桌上散发着迷幻气息的贝壳上，来回倒腾。耶耶又说：

"东西不多，不够分的，我会做一个小展示柜，放在家里,大家可以随时来看。"

其他孩子都难免失望地回家去了,五武不肯走,他对奇奇妈妈说:

"二嬢,我今晚跟奇奇睡了。"

五武经常跟奇奇睡,奇奇也常去他家里跟他一起睡,这一点儿都不奇怪。只是今晚,五武有了更多的小心思,还被耶耶看出来了。耶耶摸一下五武的脑袋,摸得他脸都红了,对他说:

"海螺只有那一个,贝壳嘛,任你选一个。"

五武赶紧伸手,从餐桌上把一个巴掌大的,似两个扇子合在一起的绯红色贝壳抓到手里。

"我没有吗?"二姐问。

"那个大珊瑚,就是你的。"妈妈说。

"啊,"二姐说,"都不能带出去玩。"

"剩下的,全是你的,"耶耶说,"我不在家时,你得好好看着,别让人拿了。"

"好。"二姐用做重要保证的口吻说。"那是什么?"她指着一个乳白色的张牙舞爪的东西,问。

"海星。"耶耶说。

"我想把这个星星带在身上,放在书包里。"

"可以。"耶耶说。

夜里，五武和奇奇躺在床上，两人都兴奋得睡不着觉。五武已经听过海螺里的声音，只专注于玩自己的贝壳。奇奇一直忍着，直到家里不再发出任何声响。夜色中，邻居家杏子树的枯叶再也没有被风吹着，哗啦啦在屋顶的瓦缝里滚动，奇奇这才闭上眼睛，轻轻把海螺靠在耳朵上。像鱼儿说的，海螺里真的有舒缓又富有节奏感的"哗——哗——"声，遥遥地传来。认真体味这声音传递的信息，又能在"哗——哗——"声里，分辨出三种细碎的"簌簌"声、"沙沙"声和"咕咕"声，像是海水冲刷沙滩的声音、椰子树的叶片在海风里微微抖动的声音，以及海鸟斜着翅膀、轻声鸣叫着从海浪上快速掠过的声音。这些声音再一起混响，一起轰鸣，鼓动得海螺里的"哗哗"声，也越来越响，越来越大。两人躺在床上，都能感受到海水在一浪高过一浪地拍打着，浪花在礁石上飞溅开来，像雨一样，被海风吹过山川与河流，倾泻在他们的身上。

"动起来了，动起来了。"并排躺着，也在抱着贝壳听的五武喊了起来。

"什么？"奇奇说，"你喊什么？"

"床动起来了，"五武说，"你没感觉到吗？跟在水上漂一样。"

他这么一喊，奇奇也感觉到了，床确实在晃晃悠悠地漂来荡去。瞬时间，两人鼻子里都充满了海水腥咸的气息。盖着被子，都能感觉到身上凉飕飕的，也黏糊糊的。是海风，在裹挟着更多的海水，泼到他们床下。奇奇欠身一看，他们的床早已漂出家门，来到一片辽阔又浩渺的水域，四围全是水，无边无际的水。一轮明月高高挂在天上，清朗夜色中，它薄而透的影子，跟着两人的床一起飘动，还用比海水更为清亮的月华，映照着他们沉沉睡去。

第二天，村里每一个孩子，都知道奇奇有一个可以听到大海声音的海螺，经五武不断渲染，还知道晚上躺在床上听着这个声音睡觉，身下的木床会漂出家门，一直漂到海上。奇奇走到哪里，都会有几个孩子跟着。他上山放牛，下河游泳，抑或去割牛草，他们都紧紧跟着，想让他拿出海螺，给大家看看，让大家摸摸。待把海螺靠在耳朵上听过之后，有的对里面的"哗哗"声不置可否，有的坚决否认，说自己什么也没听到。不管听得到的听不到的，却都想用他们觉得宝贵的东西跟奇奇换。

"我可以把滑轮车给你。"春春说。

"我们家那窝小狗，任你挑一个。"海鹰说。

"我们家的柿花[①]，你想要多少？"鱼儿说。

[①] 柿子。

奇奇吞咽着口水想了想，不说话。

"卖给我，"鱼儿干脆说，"你想要多少钱？"

耶耶晚上从粮管所回来，奇奇把这些事情告诉他，耶耶问："你想换吗？如果鱼儿真给你钱，你会卖给他吗？"

"不。"奇奇说。

"对了。"耶耶说着，摸一下奇奇的脑袋。

八

耶耶比以前更忙了，跟几个同事分工明确地到处传播他们在海南学习到的种植技术，从选种、育苗、插秧的间距到施肥的时间把握等都有严格的要求及各种讲究。二塘河谷的水稻产量比原来提高了许多，他也因此而获得转正的机会。晚上一家人围坐火盘边吃饭时，他还兴奋地给妈妈、二姐和奇奇说：

"红头文件都出来了，就差开会宣布了。"

"什么文件？"二姐问，"耶耶。"

"你耶耶要成有编制的国家干部了。"妈妈说。

耶耶不怎么喜欢喝白酒，玉米、大米酿的，苦荞、土豆烤的，都不怎么喝，逢年过节或有同事、朋友来到家里，才会让奇奇去果花村的路口边，谢友军开的小卖部里，用锑壶打一两斤散酒来。当日喝剩下的，放进靠墙的碗柜里，一放十几天，他自己都想不起来。奇奇和二姐还纳闷呢，一家四口吃饭，耶耶怎么一个人喝上了。听了妈妈的话，耶耶眉飞色舞地端起一杯黄黄的苦荞酒，一仰头喝了。可也就高兴这么一个晚上，第二天一早，耶耶躺在床上，根本起不来床。

奇奇和二姐起床上学时，换着往常，身材适中、面色红润、理着平头的耶耶，穿着青色劳动布的中山装，上衣口袋里挂着一支钢笔，已经腮帮子一鼓一鼓地吃着烧熟的土豆出门上班，顺着水大铁路，走到二塘火车站那儿了。这一天，他却躺在伙房隔墙的卧室床上，"哎哟哎哟"哼个不停。二塘河谷早晚温差大，妈妈以为他是受了寒气，忙着在火炉上烧开水，想让他喝上一杯暖暖肚子，或许就好了。水刚烧好，装碗里凉一下端过去，耶耶接到手里，端着，干呕几下，吐出一口血来，把水也全染红了。妈妈慌了，接过碗来放一边，赶紧扶他坐起，给他啪啪拍背，耶耶又干呕几声，继续吐出大口大口的血来。妈妈的脸一下白了，比吐血的耶耶的脸还白，忘了叫姐弟俩赶紧去上学，而是要他们帮她看着耶耶，自己拔腿往鱼儿家跑去。鱼儿家在大伯家附近,鱼儿爸爸的"反帮皮鞋"出了故障,不能开。他还有一辆货箱改装过、一次能拉七八吨的五菱拖拉机。妈妈把情况一说,鱼儿爸爸立刻开着拖拉机,带上大骨架薄身板的伯父一起来到家里。

"立人,"过早也喜欢喝酒的伯父颤巍巍进门,说,"你怎么回事哦?"

"不晓得,"耶耶有气无力地说,"突然就吐血了。"

妈妈离开时,奇奇跑去把刚下夜班从磷肥厂返回家里的从册哥哥叫了过来。他吃了一碗余兰嫂子下的猪油渣面条,正躺在床上呼呼大睡。从册也跟奇奇一样,叫自己的父亲为"伯伯"。

"伯伯,"从册说,"我背小耶去拖拉机上,你在后面扶一下,别闪着他的腰。"

"要得。"伯伯说。

这是耶耶第二次入院,去的是二塘河上游的木冲沟干田坝医院,离家二十多里地。那是一家矿务医院,医疗条件比二塘区的医院要好,属六盘水市水钢煤矿集团,是专门为采煤的工人建的,也向周边百姓开放。

九

　　四岁半时，奇奇也在这家医院住过一个星期院。别看他现在虎头虎脑的，身体结实得跟山上的石头一样，胳膊肘抬起来手臂上会鼓起两小块疙瘩，小时候却是一个瘟神缠身的病号，尤其快满周岁时，身体一直不怎么好，肚子总疼，感冒发烧、咳嗽也是常事。
　　妈妈在屋后另一块菜地里种了一大丛牡丹花。一进五月，又大又粉的花朵色泽艳丽又富丽堂皇地开着。引来蜜蜂，引来蝴蝶，也引来一个个来无影去无踪的人。蜜蜂和蝴蝶是白天来采蜜，人是来干什么呢？偷牡丹花根。他们多半是在夜里出现，小锄头使劲刨几下，挖几根拇指粗的花根藏在口袋，又很快在夜色里消失。花根拿回去炕干后当药材用。每次感冒，妈妈把牡丹花根切碎，舀一小勺，跟鸡蛋拌在一起蒸熟，让奇奇趁热吃下去，很快便药到病除。二姐感冒发烧了，也是这个方子。村里的很多孩子，用的都是这个方子。谁家孩子感冒了，第一时间来找妈妈要几根炕干的牡丹花根回去。要的人多了，妈妈拿不出，他们便自己想办法。不得已，妈妈让耶耶用竹片编一个大竹筐，把牡丹花丛罩起来。这不顶事，人们依然偷，有的还把花连根拔起，偷偷种到自家地里。到后来，奇奇家的牡丹花一株不剩，好几户人家的地里，成片的牡丹花却玉笑珠香地开着。好在奇奇和二姐后来都不怎么吃了，似乎吃得多了，药效打了折扣。再有感冒发烧，妈妈得带他俩去乡卫生所，找一个叫胡顺学的医生开药吃。

　　胡医生右脸颊上有一颗肉乎乎的黑痣，上面长着黑黑的长毛。他的身材十分高大，又白又胖，看着圆墩墩的。说话时，声音在宽敞的胸腔回旋一圈再出来，浑厚，有力，透出潮乎乎的暖意。跟人说话时，他的话语也像一味药，听得多了似乎也能治病，孩子们都很喜欢他。整个新合乡，哪一个村哪一户人家有病人，胡医生知道得清清楚楚。不用你去找他，他心里自然有数，知道上一次给你开的药快没了，便会突然出现在你家门前。

　　家里总有病人，见到胡医生，妈妈就让他开几颗安乃近[①]和几包头痛粉，装在一个铁盒子里，先备着。头痛粉对奇奇没什么作用，得吃安乃近，一次一片。每次吃完，奇奇的身体会变得越来越轻，越来越轻，像一个空空的壳，双手却越来越长，越来越有力。村头百十米高的悬崖下，隔着滚滚的二塘河，有一块沙坪地，被二塘河绕个大弯，呈 U 形包围着。奇奇家有一块长条形的沙地在那儿，轮

[①] 安乃近是一种解热镇痛药，现已停止生产、销售和使用。

季种着小麦、玉米和土豆。吃过安乃近,他可以从悬崖上纵身跳下,身体借助上升的气流,飘飘忽忽飞越河流,直接去到地里;也可以飞越沙坪地,直接飞到横跨二塘河的格扭大桥上。不过每次药效过后,不管飞得多高,飞得多远,他都会沉沉摔在床上,拉好大一泡尿,弄得床铺和身体臭烘烘的。这让奇奇的每一次飞翔都羞于启齿,对家里的耶耶、妈妈和二姐也守口如瓶。

或许,也是因了这个,奇奇才会一而再再而三地生病,频繁的无谓的飞行消耗了他太多的能量。妈妈跟耶耶商量,像村里的其他孩子一样,给奇奇拜一个干爹。村里每个孩子出生后,为保长命百岁,都不准剃头发,得满月后根据生辰八字看一个期辰,请舅舅抑或跟自己八字不相冲的长者大操大办地剃。开了这个头,头发才能随便理。妈妈和耶耶一直等着奇奇满三岁才把头发剃了,这是请村里的先生看定的时间。头发一剃,身体或许就好了。离奇奇剃头发的时间也就四五个月了,妈妈特别给国忠二舅打过招呼,要他自己准备剃刀,还要学会唱剃头歌。二舅不会唱,专程从沙飞岩来到村里请教谢友军。谢友军是村里公认的管事先生,很懂这一行。本着多一种措施,多一层保护的原则,妈妈把话一说,耶耶爽快答应,反正这也不是什么麻烦事,他还用戏谑的口吻说:

"也好，找一个干爹，多一门亲戚，长大了多一条路。"

他们说干就干，当天下午开始着手准备，一瓶玉米烧酒，一只红烧土鸡，一小锅米饭，装在一个提篮里提着。晚上十点左右，来到村子与学校之间的水田边，将引水渠上原有的小木桥挖掉，重新用手腕粗的攀枝树搭一座新的。一个抱着奇奇，一个提着装满食物的提篮，悄无声息地躲藏在草丛中，准备随时冲出去，抓住第一个从木桥上跨过的年满二十岁的男人，将奇奇拜借给他，给他当干儿子。午夜时分，明晃晃的月色下，一个跟耶耶年纪差不多大的苗族男子出现在视线里。他哼着苗歌"这妖一丈，宇妖任堵，盂绕让，那伊裸里耿"，急匆匆地往茶山小学后面的茶园走去。那里有一个苗族村落，在小溪边捶打麻布的苗族妇女全来自这里。这个村子十几户人家，住的都是低矮的泥墙茅草房，挤挤挨挨掩映在茶园里。

没听说过有谁曾拜过苗族男子当干爹啊，耶耶有些迟疑，风俗如此，又不能违拗。待苗族男子迈着大步，一下从新搭的小桥上跨过，他抱着奇奇赶紧跑出去，一把拽下他衣服前襟上的一个衣扣。这个人叫尹久岛，精瘦如鸟，力气却很大，是一个挖煤工人，刚从安乐村煤老板田顺民的矿井下班回家。水渠上的木桥动不动便会被人挖掉，重搭一座新的，经常从这儿经过的人，都记不清突然被人从暗处跑出来扯掉了多少颗纽扣。尹久岛心领神会，坦然接受自己的使命。他从耶耶手里接过奇奇，抱着他，弯着腰杆，东西南北各拜三次，赐给他一个名字，尹七七。

"我都被人抓到过六次了，"尹久岛说，"这是第七次，他就是我的第七个干儿子了。"

"七，改为奇，可不可以？"身为小学语文老师的耶耶说，"奇的意义更好一点。"

"不是一个字？"尹久岛问。

"你说的是数字，一二三四五六七的七，"耶耶说，"我说的是神奇的奇。"

"可以，可以。"尹久岛说，"你喜欢就好。"

尹久岛说着，把奇奇交给一直站在一旁不说话的妈妈，跟耶耶盘腿坐在水渠上，喝着玉米酒，吃完那只红烧土鸡，半锅米饭。他全身炭灰，黑黢黢的，散发着酸臭的汗味。手电的红光下，他只有眼白和外翻的嘴唇保留着原来的色泽。临走时，他又说：

"不满十二岁，他不能剃头发。"

"期辰都看好了，还有几个月就要剃了。"妈妈说。

"当了我的干儿子，"尹久岛说，"就得按干爹的、按我们苗家的规矩来。"

"苗家有这个规矩？"耶耶问。

"你爱信不信。"尹久岛说。

因了这个，奇奇出生到现在，十年时间没剃过头发，现在都快长发及腰了。飘逸俊秀，柔顺如水，从后面看，没一个人知道他是男孩。跟二姐站在一起像两姐妹。他是村里唯一一年四季除下河游泳，其他时间都戴着一顶蓝色劳动布帽子的孩子。长头发用布带子扎成一股，如一条蛇盘在帽子里。拜借给干爹的第二天，全家人都改口喊他尹奇奇，亲昵一点的，喊小奇奇，原来的名字反倒没人叫了。拜干爹所赐，奇奇还多了个外号——假姑娘。

耶耶早已预知这一点。第二年，本想再找干爹喝一顿酒，让他改改口，准许奇奇早日把头发剃了。他还来不及采取行动，尹久岛就死了。尹久岛跟大多数苗族人家一样，不怎么喜欢跟外村人打交道，哪怕是奇奇干爹，每次出村从奇奇家门前经过，奇奇怎么叫唤，他都不愿意进门坐坐喝一口水，或吃点东西。他反背着手，手里提一根一米多长的乌木烟杆，弓着背，急匆匆地走，生怕别人叫住他多说一句话。他离开田顺民的煤矿，在小溪边自家种麻的坡地里开挖属于自己的小煤窑，被几十吨塌方的煤炭和泥土压死了。出于各种考虑，族人帮衬着他的亲人在井口边吹着芦笙，敲着用黑布一路蒙住抬过来的神鼓，给他办了一场丧礼，再把井口一封，他便以煤井当阴宅，再也不用出来了。

十

活着，作为干爹，尹久岛没关心过奇奇；死了，自然也不会保佑他。干爹出事不久，奇奇便病倒了。先是咳，妈妈用鸡蛋拌上牡丹花根，蒸熟给他吃了一个星期，没好，又让他吃安乃近。奇奇在天上挥动双手，飞了半天，掉下来，又在床上拉一泡尿，还是没好。请胡顺学来看，他说：

"小孃，得送到干田坝医院去——他这是肺炎。"

妈妈用背衫把奇奇捆在背上背着，沿水大铁路走三个多小时送到医院，住一星期的院治好的。此后一直到奇奇入学读书至今，都没怎么生过病。由于身体结实，力气大，为学校上山打柴时，奇奇总是第一批完成任务的学生。炎热的夏季，茶山小学的所有小学生便开始为寒冷的冬日做准备：每个学生都要上山为学校打十捆柴，总重量不得低于一千斤，全堆在教室门前的小操场上。天再冷，大多数学生身上也只穿着单衣，衣服上补丁摞补丁的大有人在。木柴是用来取暖的。下课铃一响,老师学生都往小操场跑,架起木柴,燃起熊熊烈焰,把每个人都烤得红光满面的,衣服摸起来都有点烫手了,才跑回教室上下一堂课。

学校周边,常有村民家里炕老腊肉的柴火用完便来学校顺手牵羊,弄得学校的柴火每年都不够用。大雪封山,不便打柴,许多学生用破了洞洞不能修补使用的锑盆,三两人合伙担一盆炭火去学校。烧的都是烟煤,含硫太重,烟雾弥漫得大家都看不清黑板上的字,硫磺又呛得老师学生不停咳嗽。老师只得停止讲课,要求学生把烟气最重的那些炭火抬出去,把它吹旺,烟气通过燃烧充分排走,再抬回来。教室两边的过道,各有三四盆火,大家还是冷,窗户都没有玻璃嘛。风裹挟着雪花,从山里呼呼吹来,又在河谷里横冲直撞,把土地里积存了一个夏天的温热一丝一丝抽出来,再把雪花融化后的冰水一滴一滴灌进去,直至大地封冻,飞鸟绝迹,怎么能不冷呢。这个时候,老师们就会叹气,说:

"我们要有个篮球场就好了,大家打打篮球,运动运动,身体强壮了,就不会冷了。"

"没有,我们可以自己挖啊。"

"是哦,我们早该想到这一点的。"

于是，一个多月时间里，茶山小学两三百个孩子，上学时都带着种地用的锄头、钉耙、撮箕、背箩，也有的带着砍柴用的砍刀。下午三点左右放学，都不回家，在老师们的分工和指挥下，热火朝天又声势浩大地砍倒树木，挖掉土墩。奇奇所在的小组负责将树林中一个个隆起的土包推平。组长是一个六年级的男孩，长得像《铁道游击队》里的鲁汉，大家也就叫他鲁汉。他力气更大，负责挖土，吭哧十几下便能将一个土包刨平，又汗流浃背地换一个土包，继续挖。一锄头下去，只听"咚"的一声，从浅浅的土层里，掘出来一块朽木。"咚咚咚"，更多的朽木又被掘出来。再一锄头下去，"噗"的一声，似乎有一个人长长叹一口气。锄头连头带把，随之深入土地一尺多，提起一看，上面黏着一个爬满黑色蚂蚁的骷髅，大张着的嘴里，还能看到森白的牙齿。鲁汉扔掉锄头跑了，奇奇和其他同学也尖叫着四散而逃。

教奇奇他们班语文的徐文老师走过来，用自己的锄头刨几下土，对远观的同学们说：

"挖到棺材了，没事的。"

"这有什么好怕的呀。"徐老师又说。

他又招手，把教奇奇他们班数学的伍邵红老师叫来，两个人用自己的锄头，刨去棺材上的土层，又用锄头把子撬开棺材板，探头探脑往里面看，两个人小声议论着什么。几个胆子大的同学围过去看，随后又招手，叫更多同学去看，不明就里的人，以为挖着什么宝贝了，也跟着来看。行动不便的徐老师，慢慢下到棺材里，叫人递给他一个撮箕，嘴里说着"阿弥陀佛，阿弥陀佛"以及一些同学们听不懂的话语，将散乱又发黄的人骨一根一根捡到撮箕里，又爬出来，端着走到树林边缘一棵水桶粗的沙树下，挖一个坑倒在里面，刨土重新盖上。或许累着了，徐老师随即蹲在那个小小的新坟边，忧伤地抽起旱烟来，偶尔发出一声低沉的叹息，不仅为那个被人刨了阴宅的灵魂，也为他自己。

十一

最近，村里的许多大人，都在笑话徐老师。

徐老师满脸都是雀斑，眼睛又大又圆，像猫头鹰。他打小患小儿麻痹，右腿呈九十度弯曲。他得后拖着左腿才能双腿站立，这让他的身高比原有的矮下去一半。给同学们讲课时，他得在右脚下垫一条凳子，才能恢复身高。捏着粉笔的右手，开始往黑板的最高处，写比奇奇耶耶的书法作品更漂亮的板书。他的字比其他老师的都大，每一个笔画都严格遵守着书写法则，看着规规整整又刚劲有力。班上每一个孩子都在模仿徐老师写字，对他充满无上的崇敬，看着他翘着又圆又大的屁股吃力地走路时，又为他心疼不已。

更让人心疼的是徐老师四十开外了，还娶不到媳妇。他一直在努力存钱，终于存够一千块了，请了一个猴场梅花乡四梨树村的媒人，用这笔钱做彩礼，未办婚礼便从海拔较高的艾家坪领回来一个小他七八岁的媳妇。人不白净，却很丰满，身后拖着一条粗粗的黑辫子。艾家坪那地方土地贫瘠，只能种玉米、土豆和荞麦，产量都不怎么高，人们总饿肚子。那地方还缺水，百姓愿意给赶路人一碗饭吃，却不愿意给一口水喝。他们的一盆洗脚水，都要从老到小，从长到幼，一家人轮着洗。还没上小学，村里的孩子就会唱：

　　　　艾家大坪子，
　　　　荞麦过日子；
　　　　想吃苞谷饭，
　　　　婆娘坐月子。

另一首：

> 凉山哥哥下山来，
> 帆布衣裳破草鞋；
> 麻布口袋倒倒挂，
> 苦荞粑粑滚出来。

说的都是艾家坪人有多么穷。美丽富饶、物质条件相对较好的二塘河谷里，缺胳膊少腿的男人，只要有点儿钱，便能请人带着去，在那地方领回来一个年轻漂亮的小媳妇。徐老师要求不高，领回来的是一个寡妇，丈夫死了一年多，没有孩子。那一阵子，他走到哪里都笑眯眯的，幸福能从每个毛孔里飘逸出来，潜到别人的脸上。一个月后，他又跟原来一样，变得愁眉苦脸的了。媳妇不愿意跟他过，又回艾家坪去了，或者是跟别的男人跑了。村里的大人们议论说，是因为夜里躺在床上，他那条无法伸直的腿老顶着媳妇的腰眼，让她无法睡觉，才偷偷跑了的。凡是讲这话的，都要伴以暧昧又神秘的笑容，让人知道，他说的不是他要讲的那个意思，这里面还藏着秘密。

出了这样的事情，徐老师能不忧伤吗？他还懂点儿医学，经常带着一本黑封皮的《本草纲目》来学校，细细研读；不上课了，提着一把小锄头满山地跑，挖各种草药。慢慢地，老师之外，他又多了一个土医生的身份。耶耶生病的年月，奇奇经常带上妈妈给的钱，沿着村里那条马路一直往上爬坡，经过鱼儿家门前，也经过大伯家门前，去到徐老师家找他抓药。外公偶尔来奇奇家，身体不舒服了，耶耶或妈妈也会让奇奇把徐老师请来，给外公望闻问切，抓几服中药。

十二

除了妈妈，外公还有两个儿子、两个女儿。两个姨妈，一个嫁在本村，早已病故。一个远嫁云南，是被修建水大铁路的工人带走的，此后再无音信。大舅参军，在对越自卫反击战中执行任务时被地雷炸死了。二舅没什么出息，下井挖煤时，年纪轻轻便被垮塌的矿石砸断了一条腿。整个家庭的重担全落在外公一人身上。外公家住在山里的另一个村寨，叫沙飞岩，大风一吹便会飞沙走石的地方。说起来并不远，翻过一座大山，走过一个相对平坦一点儿的坝子就到了。那座山叫刀劈岩，十分陡峭，真的像用刀劈出来的。上也困难，下也困难，行人沿着石缝中的一条羊肠小道手脚并用，近似于爬，才能勉强行进。手脚灵活的年轻人得两三个小时才能翻过去，外公那样的老人，得半天时间，说不定还会把命丢在山里。这样一条山路，年近古稀的外公，时常翻山过来，到奇奇家里住上几天。耶耶和妈妈都知道外公的意思，每次回时，便往他的口袋里塞一点儿钱，还会给他准备一些食盐、大米或面条之类的东西。外公每一次都会默默收下，扛在肩上，一个人孤孤清清往山里走去。

其实，两个村子之间也是有公路的，但绕得远了，来回还要两块钱的中巴费。外公不舍得出这个钱，这都够他打好几斤酒喝了，他说山里人，脚板长出来，就是用来走路的。外公生平最大的喜好便是喝酒。妈妈说，是从大舅死后开始的，二舅出事后，他就变得酗酒了。他喝酒不像一般人，倒在酒杯里，一口一口地喝。他用碗，一顿一碗，一碗半斤，一天就得一斤半，天天不落。这对家庭、对他的身体都不是一件好事。他后来经常生病，还发了疯，也跟酗酒有直接的关系。

村里年轻气盛的，种地之余，总有几个愿意循着二塘河的气息，从梅花山火车站沿着成昆铁路，去到遥远的山城重庆。二塘河变成了乌江，乌江又从那里汇入了长江。他们去，为的不是看长江，而是当棒棒。想找点儿事做又能就近顾家的,便会去厂矿极多的六盘水市里当背箩。有一天,外公再次来到家里,耶耶和妈妈不在,二姐做饭后叫从册哥哥来陪他一起吃。

"怎么没酒?"外公问二姐。

"我有,"从册说,"外公,你等着。"

从册回家取来一瓶平坝大曲,是磷肥厂过年发的礼品,一直存着。他们两个一边吃一边聊天。外公说地里的庄稼长势不好,怕是没什么收成了。他是叹着气说的:

"一块薄地,今年种,明年种,越种越薄,还能指望它什么呢?"

"怕是缺好肥料吧。"从册随口接一句。

"我就是为这个去六盘水市里的。"

"去那里做什么?"二姐吃着饭,问外公。

"当背箩嘛。"外公说。

听外公这样说,从册看看二姐和奇奇,他俩也看看他,然后三人又一起看着外公。那一年外公正好六十九岁。不知有没有人会请他,也不知道他挣到钱没有,只知道他去不到两个月便病倒了。妈妈把他从沙飞岩接到家里来,请徐文,也请胡顺学给他看病。胡顺学说,外公是酒精中毒,他长年走山路,还到六盘水去当背箩,长期负重,积劳成疾,一时半会儿是好不了的。妈妈要送外公去二塘医院治疗，他死也不肯，说：

"我虚岁都七十了，这辈子够了，去浪费那个钱干什么？"

"那你少喝点儿酒，最好是戒了。"妈妈说。

外公不说话，他管不住自己的嘴，当着妈妈的面继续喝。他在奇奇家连着住几个月，有时又吐又泻，弄得家里到处脏兮兮的。跟胡顺学开的西药外公不愿意吃，徐文老师的中药他却愿意当水喝，身体这才慢慢好起来。村里以及周边村子，许多人的病，都是吃徐老师抓的中药治好的，他却拿自己没有办法，治不好自己的小儿麻痹，也治不好受伤的心灵。

十三

徐老师一难过，便不停地抽旱烟，"叭叭叭"地吐出一口一口灰色的烟气，弥漫在唇齿、鼻梁和大而圆的眼睛之间，让人看不到他脸上的黑色雀斑，也看不到他眉心上凝结着的那一团愁雾。"徐老师，徐老师。"学生们对着他喊。徐老师看着喊他的人，不说话，等着别人把话说完。他总这样，别人说什么，他听着，或者按别人的意思做事情，就是不多说话。现在也是这样，他蹲在那个新坟边，一根烟抽到一半，学生又喊起来：

"徐老师，徐老师。"

"老徐，"伍邵红老师也喊他，说，"又挖到棺材了。"

围观当休息，没等徐老师回来，学生们又四散开，继续砍树、挖土，于是"噗噗噗"的叹息声一再响起。每一声叹息过后，都有一具人骨被徐老师念着佛号，从朽烂破损的棺材里捡了出来。没有办法，真的没有办法，学生们没有篮球场，男生需要宽敞一点的地方滚铁环，玩弹珠，玩纸板，玩斗鸡游戏，女生们也需要地方用粉笔画上框框跳房子，也跳皮绳或瓜藤，所以他们每个人才会干得那么卖力。

"你们挖的地方，以前是一个乱坟岗，听老人们讲，村里非正常死亡的人，都埋在那里。夭折的孩子，也用草席裹着，直接丢在树林里。"

"哪个老人？"奇奇问。

"像三公公那么老的人，只有他们这个岁数的，才知道那里都埋过什么人。"

晚上回家，一家人围坐火盘边吃饭时，奇奇给耶耶讲挖土的事情，也讲那些围着他们哭泣的灵魂。耶耶若还是茶山小学的老师，也会跟着他们一起挖的。耶耶在奇奇上小学前，已经去粮管所上班了，要不然奇奇或有机会像二姐一样做耶耶的学生。不过奇奇还是听过耶耶在课堂上讲课的。

十四

奇奇四五岁时，农忙时节，妈妈没有精力了，会让耶耶把奇奇带到学校去。二姐用红头绳扎着两个小辫，背着书包，辫子一颠一颠走在前面，耶耶牵着奇奇的手，走在后面。过沟时，耶耶会抱着他；爬坡累了，耶耶也抱着他。二姐从耶耶前面绕到后面，用指头在自己脸上划拉着，对奇奇说：

"羞羞羞，猴儿背兜兜。"

奇奇把头埋在耶耶肩膀上，偷偷瞄她。

"羞羞羞，猴儿背兜兜。"二姐继续说。

"我教你唱一首歌。"耶耶悄声对奇奇说。于是他教一句，奇奇唱一句：

张打铁，李打铁，

打把剪刀送姐姐。

我留姐姐歇，姐姐不肯歇，

姐姐跑到张家耗儿洞里歇，

张家耗儿把她耳朵咬个缺。

杀个鸡，补个缺，

杀条黄狗待姐姐。

"你才在耗儿洞里歇，你的耳朵才被耗子咬个缺。"二姐说。

奇奇看耶耶，他抿嘴一笑，不说话，奇奇继续把头埋在他的肩头，又瞄了二姐一眼。二姐才上一年级，一到学校，她便消失在一帮孩子之中。耶耶把奇奇带到他任课的二年级——二姐上二年级了，耶耶还教二年级——在最前排找一个座位给他坐着。他在黑板上写写画画，给学生传道授业。不消一会儿，奇奇觉得无聊便爬下凳子，也走到讲台上去。学生们一会儿看耶耶，一会儿看奇奇。奇奇去拉扯耶耶的衣角，耶耶说：

"你是不是要出去？"

"我要尿尿。"奇奇说。

耶耶停止讲课，开门带他出去，对着一棵小松树尿完又进来，任奇奇在教室里走来走去，他继续讲课。稍不注意，奇奇已经在后面的墙角拉了好大一泡屎。

"好臭啊，"一个男生说，"老师。"

耶耶再次停止讲课，找来扫把和铲子，将屎清除。臭味还在，拉屎的地方，洇着一个湿湿的印子，耶耶用脚板撮一层灰把它盖住，把臭味也盖住。

"怎么不提前说呢？"耶耶说。

所有学生回头看着他们，大多数学生是村里的，跟奇奇一个姓。村子里，学生们更习惯称耶耶为二耶，来到学校，才喊老师。家长们在路上遇到耶耶，便会停下来，跟他说说话，过问自家孩子的学习情况，对耶耶说："他要不听话，给我打，使劲打，我家娃娃皮实得很。"耶耶会打学生吗？好像不，反正奇奇没见到过，再后来，他想打也没了机会。他便是奇奇上小学前几个月去到粮管所工作的。

十五

头一天夜里，耶耶自己说要送奇奇去报名，顺带与他的老同事们聊聊，交代交代奇奇学习的情况。耶耶特意找粮管所领导请半天假,于午饭时间赶回家来。妈妈去地里挖土豆了,饭是二姐做的,剁椒炒腊肉、干红豆皮炖老猪脚、红豆酸汤煮白豆腐,还有油炸土豆片,吃的是白米饭。吃过之后,耶耶在火炉边坐着,用土沙罐泡烤茶喝,他不时皱一下眉头,龇牙咧嘴的,嘴里发出嘶嘶声。

"怎么了,耶耶?"二姐问。

"身体不舒服。"耶耶说。

"要不要吃药?"二姐知道妈妈把安乃近放在什么地方。

"不用,"耶耶说,"我去躺一下,快两点了你叫我。"

"不喝茶了?这是我今年新采的呢。"二姐说。

"我也采了。"奇奇说。

"不喝了,"耶耶对二姐说,"你赶紧把碗洗了。"

二姐洗完碗,听到耶耶在卧室里叫她,她甩着湿漉漉的手走了进去,奇奇也跟进去。只见耶耶的脑门上挂着一颗颗豆大的汗珠,整个人蜷缩成一团,牙巴骨也咬得紧紧的。

"你在我的口袋里,自己掏十块钱。"耶耶给二姐交代,"五块是你的,五块是奇奇的,你带他去学校报名。"

"要不要我去喊妈妈回来?"二姐说,"她在背后地。"

"不用了,"耶耶说,"我躺一下就好了。你们赶紧去学校吧。"

天上下着淅淅沥沥的小雨,在微风里飘飞着,一丝一丝清亮亮的,似乎伸手就能捞一把在手里。风里还有乌泱泱的燕子,冒雨飞成一片片灵动的黑色的云朵。它们斜着翅膀,从水田的水面轻轻掠过。有孩子拖一根竹竿,站在田埂上,燕子飞过来时,突然举起竹竿,龇着的枝丫便能扫下来十几只。奇奇家屋檐下好几窝燕子,下雨了便飞回来,在电线上站成一排啾啾叫着,用嘴清理黑色的羽毛。耶耶不让奇奇用竹竿捅这些燕子。他说,燕子来筑巢,说明它喜欢这户人家。筑得越多,这家人的运气越好。一个燕子窝,等你长大后,会变成一栋大房子。奇奇数了数,一共有八个。

"将来我会有八栋大房子。"出得门来,奇奇对二姐说。

"全是你的?"二姐问。

"我送一栋给你。"奇奇说。

他俩说着话,一起举着一把黑色的雨伞朝学校走去。到磨面坊那儿遇上了大伯,他也送比奇奇小三天的五武去报名上学，二人就跟着大伯一起走。收新生的钱，教新生填表，给他们解释什么叫家庭成分，最后发书给新生的，都是伍邵红老师。一直到四年级，伍邵红都是奇奇的数学老师。他又高又瘦，眉毛很浓，不是军人却天天穿一套旧军装来学校。他的板书不好看，又瘦又小，结构也有问题，似乎站不稳，会一个一个从黑板上掉下来。他也和自己的学生一样，跟着徐文老师学习写字。来上数学课了，语文课堂的板书，情况允许就继续留着，以便模仿。

十六

近来，伍老师比徐老师还要忧伤，或者说，比徐老师还要悲惨。他跟学校后面的苗族人家一样，属于茶山村二组，苗族人家在茶园这一头，伍老师家在那一头。他媳妇是从奇奇他们村子娶过去的。站在新挖出来的大操场上喊一嗓子，他们家里人坐在火塘边，隔着几块水田都能清楚听见。半年前媳妇给他生了一个男孩，许多亲友前去祝贺，茶山小学的好几个老师也去了。接近年关，伍老师提前把年猪杀了，请大家吃杀猪饭。祝贺的人群散去，伍老师开始把猪板油一块一块切小，放在一口大铁锅里，烧着猛火炼油。媳妇隔墙说要吃猪油渣，伍老师从锅里舀出来撒上盐，给她端一碗到卧室里，顺便逗弄一下儿子，又出来继续炼油。过一会儿，媳妇又说还要，伍老师进屋取出碗来，又端一碗进去。媳妇吃完两碗猪油渣，喝半瓷缸茶水，带着孩子呼呼睡去。炼完猪油，忙了一天的伍老师在同一张床上躺下，一会儿也睡死过去。半夜孩子哭了，伍老师说：

"他是不是饿了，给他喂一点奶吧。"

媳妇不理。伍老师又说一遍，媳妇还是不理。伸手去拉，媳妇身上冷冰冰的，已经死了。伍老师请来道士先生，给媳妇办了一场隆重的丧礼，抬到沙树林去埋了。一星期之后，几个在小溪里捶打麻布的苗族妇女传说，她们时常还会在天光微明时分，看到伍老师的老婆，依然穿一身白衣，还是拖着那条及腰的长辫子，在小溪里给孩子洗尿布，害得她们都不愿意再去那儿晒蜡染好的麻布了。村里人听了十分害怕，种地都不愿从那地方经过。伍老师的脸青灰灰的，浑身冒着寒气，比以前更瘦、更没精神了。又听到那么多人在议论，有的人便信以为真了，甚至去找伍老师求证。

"你别听他们瞎说。"伍老师说。

"个个都说得有鼻子有眼的，"求证的人说，"还说你老婆每天晚上都回家来给孩子换尿布、喂奶水呢。"

"你觉得可能吗?"伍老师说。

"我要知道还问你啊。"求证的人说,"你要遇到了什么问题,要记得去找三公公哦。"

"没有的事,"伍老师说,"你别听他们瞎说。"

话虽如此,伍老师的妈妈当晚就去了三公公家,而三公公第二天便从奇奇他们村子去了伍老师家。伍老师的父亲带着三公公房前屋后走一遭,又带他去沙树林媳妇的坟山看一遍。三公公站在坟上,从一个黑皮袋子里抓出一把黑色的东西,是铁粉,撒在伍老师媳妇的坟上。

十七

三公公是个奇人,岁数多大,没人知道。村里年纪最大的小莲奶奶说,她还是姑娘时,三公公就是这副模样,几十年过去了,他还是这副模样。所有人都不知道他的年纪,也不知他大自己多少辈,只好都叫他公公,耶耶这么叫,奇奇也这么叫,村里人都这么叫。不过任谁叫,他都懒得理你。他的家在村子地势最高的地方,细长的一条小路,弯曲着延伸过一片松树林,抵达一片坟场的边缘。

他那栋带篱笆院子、有着八个房间的板壁瓦房也紧挨着坟场。他有六儿三女,全都结婚,开枝散叶分出去了,散落在各乡各村,有的已经当太爷爷太奶奶了。三公公一个人住在那间大房子里,可他一点儿也不寂寞。

他穿黑色的对襟长衫,套二马裾裤子,头上裹几圈黑头帕,腰上也缠一根黑色的腰带,要不是胡子白花花的一尺多长,看着便是个精瘦的黑影子。他整天提着一根一米多长的乌木烟杆,根部装有铁质尖刺,可以当拐杖,当工具,也可以当武器使,没事便在乌蒙山上转,也在各乡各村走,给人看阴宅,也给人看阳宅。没人请,他也看,把好地方记在心里,有谁需要找宅基地,只管问他。根据生辰八字掐指一算,不用到现场看,他也能给你提供一个理想的场所。

这样的人,是没人敢得罪的。走在路上,谁见到了都得毕恭毕敬叫一声"三公公"。他一般不会理你,只拿细长的小眼睛清亮亮看着你。他的眼皮是深绿色的,跟所有人都不一样,眼睛一眨,便有一道绿光飞出来,吓得人浑身发冷,不停哆嗦。他又没事人一般,继续行色匆匆往山里走,短则两三月,长则大半年,谁也见不着。回来了,他也不怎么在村里走动,偶尔接待一些不知从哪里冒出来的外地朋友,其他时间都是一个人待在宽大的瓦房里,过自由自在又潇洒快活的生活。他从不叫人去他家，真叫了，也没人敢去。明知道家里就他一人，隔着松树林，却能听到他的家里传出来嘈杂的欢歌和笑语。有一回，他家似乎好多人在杀鸡宰羊，围坐一起，大快朵颐。唢呐、锣鼓也吹打起来。入夜时，一种村里人从未听过的酒令花俏又婉转地唱起来，只听得有两个人同时喊一声："请！"随后，又同时唱了起来：

　　六十那个锅，
　　七十那个一，
　　八十那个一。
隔壁有个花姑娘，
　　摆的好酒席；
不吃这杯花红酒，
　　心头不安逸；
吃了这杯花红酒，
　　心头才安逸。
云南果子这么大，
贵州山包这么圆。
六个六个转来玩，
七个七个转来玩，

八个八个转来玩；
…………

叔子输了酒啊，
侄儿来敬酒；
漱了这碗酒啊，
漱了这瓶酒啊，
喝完这杯仁义酒，
还有两小拳；
敬啊，
喝啊，
还有两小拳。

有人被歌声迷惑，又喝了点儿酒壮胆，偷偷潜行过去，猫在窗下一看，一群陌生又奇奇怪怪的朋友在三公公家过生日。靠窗的八仙桌上，一帮人在划拳。醉眼迷离中，他晃眼看到一个人像自己死去几十年的爷爷，吓得脸色发白，只剩半口气跑回来。一路上遇到谁，他都语带渲染地告诉人家，一帮小鬼正在三公公家聚会呢。让所有人都觉得，三公公此前讲的那些传奇故事其实是真的。有的人平地也能滚一跟斗，严重的命也能滚没了。没东西绊着，地也不滑，为什么平白无故摔跟斗呢？三公公说，其实是鬼在使坏。他又说，你们常在夜里走，总觉得身后有什么东西跟着，那也是真的，是鬼，不过他可不是跟着你。同一条路，人要走，鬼也要走，不过是碰上了而已，不是谁跟着谁。你说你怕鬼，其实鬼更怕你。阳寿不尽，鬼也拿你没办法。

三公公只会去可以跟他说得上几句话的人家里讲故事，且是多喝了几杯烧酒之后。这些人家里，都有八九十岁的老人。奇奇就在小莲家里撞见过他一次。小莲奶奶带着一家人，听酒后红着脸的三公公讲自己年轻时的故事。他说有一年过年，他们家包汤圆吃，富油汤圆，馅用的是猪板油和橘子皮。煮熟后一碗一碗端在桌上，敬供仙人。他只顾忙着，没怎么留意，忙完一看，汤圆全被一个不知道哪里来的饿鬼吃了。他抓住饿鬼衣领，噼噼啪啪扇耳光。饿鬼夺门而逃，他继续追，一直追到村里的鱼塘边，饿鬼往稻田里一钻，跑了。还有一次，他在茶山小学边给田放水。大半夜的，肚子饿了，带着铁锅去煮毛豆吃。刚煮熟撒上盐，又被一个饿鬼全吃了，连豆皮都不剩。气得他一铁锅打在饿鬼头上，将其打晕在地，爬不起来。年关将至，家里包汤圆的糯米粉还没磨，为惩罚饿鬼，三公公用腰带将其拴回家里，让其一晚上帮他磨好一百斤糯米粉。实在太累了，饿鬼还唱推磨歌，为自己解乏：

推粑，磨粑，
磨到外婆家；
外婆不在家，
外公在杀鸭。
好的不留点，
留个鸭尾巴。

推粑，磨粑，
推个粑粑哄娃娃；
娃娃不在家，
耗子咬个大丫叉。

"三公公，"小莲问，"你讲的是真的吗？"

"没什么真不真的，"三公公笑着说，"你们喜欢听就好。"

"我就说嘛，"小莲说，"鬼怎么可能会唱我们的推磨歌呢？"

三公公离开后，借着阴森森的气氛，小莲奶奶又给奇奇他们讲自己听来的三公公的故事。说他年轻时，经常跟老婆打架。三公公那时脾气不好，动不动莫名其妙打老婆，老婆不想活了，跑到村头的悬崖上跳河，跳了几次都没死成。她穿着宽衣大袖的对襟长衫，根本沉不下去，披头散发地哭着顺水漂流。三公公在岸上，一路陪着，看着她往下游漂上几里地，有时候能径直漂到猴场去，这才把她捞出来，用马车拖回去。她用菜刀割手腕，一割一个白印子，抹脖子也是这样；用绳子上吊，打了死结，双脚蹬倒凳子，身子使劲下沉，拽得房梁吱吱呀呀的，也死不了。三公公做好饭菜，便去解开绳子，叫她坐下来，跟没事人一样，两个人继续吃饭。大概就是那时候，村里人才知道，原来三公公不是一个普通人，他有异能，也能管异事，所有发生奇奇怪怪事情的人家都会去请他。应伍老师家的要求，在坟堂里撒铁粉这样的小把戏，对他来说简直是轻而易举又不足挂齿的事情。

"三年之内，你儿子不要另娶。"事毕，三公公对伍老师的父亲说。

"好，"伍老师的父亲答应说，"我不会让他娶的。"

"给你孙子换一个名字，原来取的那个不要叫了。"

"为什么？"伍老师的父亲问。

"不为什么，"三公公说，"照我说的做就行。"

十八

　　伍老师的孩子之前叫伍百川，现在叫伍宝才，偶尔伍老师会用背衫背着他来学校，又背着他给学生上课。伍宝才很乖，从不在课堂上哭闹。伍老师跟奇奇耶耶的关系很好，偶尔也会背着伍宝才到奇奇家串门，让他跟余兰嫂子的两个孩子，小朵和小果，一起玩耍，其实也是让余兰帮忙看管一下。伍老师偶得清闲，便与奇奇耶耶喝着烤茶，交流彼此最近的看书心得，还一起用旧报纸练习书法。伍老师是用毛笔蘸墨水写；耶耶呢，他不临摹任何书法大家，完全是自创：先用铅笔，把字横平竖直又一撇一捺地画在报纸上，每个字又用圆规画一个圈圈起来，再用毛笔把画过的字重新填一遍，放在一边，等它风干。回头看看有什么不对的地方，又继续修改，直到满意了，这才用剪刀一个一个剪下来，贴在红纸上。伍老师的书法跟他的板书一样难看，所以他也照着耶耶的办法，给自己家弄过年的对联。奇奇还没上学时，在家见到他，便也叫他伍老师。耶耶去粮管所上班后，他们见面的机会少了一些，路上遇到了，伍老师也会向奇奇或二姐打听耶耶的各种消息。不管是奇奇还是二姐，都会老实回答。看到是伯伯带着奇奇和二姐来学校报名，伍老师问：

"你耶耶呢，怎么不带你们来？"

"他身体不舒服，"二姐说，"在屋里躺着呢。"

"他最近有新书没？"伍老师又问。

"不晓得，我耶不让我们动他的书的。"二姐说。

"娃娃们就交给你了，邵红。"伯伯插话说。

"放心吧，"伍老师对伯伯说，"大伯。"

伯伯喜欢抽旱烟，口袋里时常装着两元一盒的合作牌纸烟，他从上衣口袋拿出来，给伍老师递了一支，又带着二姐、五武和奇奇冒雨回村。走到磨面坊门前，三人得在那儿分开，停留说话间，一不小心，五武怀里的新书滑落在地上的稀泥里，五武"哇"的一声哭出声来，鼻孔里拖出两条白白的鼻涕。奇奇抱紧自己的书，赶忙弯腰帮他捡起来。伯伯伸手在五武鼻子上一抹，手指又一甩，鼻涕在雨中划出一条白线，飞入路边的草丛里。

"别哭，"伯伯说，"用花绿绿的纸包起来，就看不到稀泥了，还好看得很。"

"我不要，"五武说，"我要去学校换新的。"

"真的，"二姐对五武说，"包起来就看不到了，我的书每年都要用纸包起来的。"

"你的包不包，奇奇？"伯伯问。

"包。"奇奇说。

"走吧,"伯伯说,"跟我回去,我连你的一起包。"

十九

一个多小时后,奇奇回家时,妈妈已经从背后地回来了,跟二姐两个人围着依然蜷缩在床上的耶耶转,急得像热锅上的蚂蚁。

"拿刀来,"耶耶大声喊道,"给我拿刀来。"

"拿刀干什么,耶耶?"二姐问。

"快把我杀了,"耶耶说,"我受不了了。"

二姐吓得吐吐舌头,跟妈妈一起赶紧把家里的刀具提到从册家里,连从册家的一起藏起来。妈妈还把余兰叫过来,陪奇奇和二姐一起照顾耶耶,自己甩着双手一路小跑,去乡医疗站请医生去了。等胡顺学骑着借来的自行车带着妈妈和药箱回来时,耶耶却不痛不痒的,又下床坐到火盘边来喝他的烤茶了。余兰用奇奇家的油盐酱醋,带着二姐,已经做好晚饭。妈妈留胡顺学一起吃,他也不客气,自己拉凳子,挨着耶耶坐在火盘边。从册从磷肥厂下班回家,听声音知道余兰带着两个孩子在奇奇家这边,也跟过来一起吃。

"你哪里疼？"胡顺学问，"二耶。"

"不疼了，"耶耶说，"哪里都不疼了。"

"刚才哪里疼？"

"这里。"耶耶摸了一下身上的脾脏部位。

"经常会这样疼吗？"

"偶尔会。"

"发生过几次了？"

"两三次，莫名其妙地疼，又莫名其妙地好。"

"大意不得，二耶，"胡顺学说，"你要去医院好好做个检查。治伤风感冒、打蛔虫和一般的肠胃病我可以。像你这样的，我不会看，也不敢耽误。"

"医院离粮管所很近，"耶耶说，"我会抽空去的。"

"从册，你跟二耶去，你们两个都去看看。"余兰说。

"他又怎么了？"胡顺学问。

"天气冷一点，雾霾大一点，"余兰说，"他都咳出血丝丝来。"

这倒是事实，从册喉咙里经常丝丝拉拉的，气管似乎被一只无形的手捏着，气怎么也喘不上来。有时，就算天气晴好，他下班从磷肥厂走回村，都在路上歇好几回。

"磷肥厂的工作环境，粉尘太大，"胡顺学说，"你不应该继续在那儿干了。"

"找不到其他事做嘛！"从册说。

"挣钱事小，身体事大。"胡顺学说。

"我就是这么跟他说的，他不听，"余兰说，"存了几百块钱，不去看医生，说要买什么录音机。"

"别搞那些花里胡哨的，"耶耶说，"有那个钱，给你的娃娃多买几套好衣服。"

"还有我呢，"余兰说，"二耶，跟他结婚后，就没给我买过。"

"对，"耶耶说，"给你也买。"

说话间，大家笑了起来。从册和余兰的两个孩子，大的两岁多，抱在妈妈怀里，小的五六个月，抱在余兰怀里。时间过得也太快了，他们两人结婚时的情景，奇奇至今历历在目。

二十

从册和余兰一起去水城县新买的被褥，结婚当日上午，特别隆重地请妈妈在新娘子进门之前帮忙铺在床上，还在被子的四只角上用针线各缝进去一颗红枣、一颗花生、几颗喜糖。妈妈一边铺，嘴里又念念有词地说：

铺床铺床，喜气洋洋，
男婚女嫁，花烛洞房。
一铺鸳鸯戏水，
二铺龙凤呈祥，
三铺鱼美荷花，
四铺恩爱情长，
五铺早生贵子，
六铺儿孙满堂，
七铺百年好合，
八铺地久天长，
九铺家庭和美，
十铺前途辉煌。
我随便说两声，
你家夫妻和睦万万春；
我提起枕头抖一抖，
你家一代更比一代有。

伯娘给妈妈打下手，她问站在新房看热闹的五武和奇奇要不要跟着去接亲，两人点一下头，一溜烟跑出去，坐上一辆红色的、斗很大的五菱拖拉机去余家湾子。在余兰家吃过午饭，于噼噼啪啪的鞭炮声中，从余兰的闺房把她的嫁妆——衣柜、碗柜、储物柜、脸盆架、缝纫机及各种花花绿绿的被褥等，抬到车上。到了从册这边，又在噼噼啪啪的鞭炮声中，一样一样搬到二人的新房里。看着他们一起过火盆，也看着他们在祖宗牌位及大伯、伯娘跟前拜天地、发喜糖，还看着村里与从册年纪差不多大的未婚男子毫无分寸地闹洞房。他们嬉皮笑脸地一边起哄，一边在送亲来的余兰闺密身上到处乱摸。有的人破口大骂，有的人眼泪横飞。五武和奇奇则被混乱的场面吓得赶快逃离。转眼间，从册和余兰也是两个孩子的爹娘。大的是女孩，出生第二天，从册和余兰抱过来，请从粮管所下班回家的耶耶取名字。耶耶略有沉思，说：

"女孩是花朵，叫小朵。"

第二个是男孩，也在同样的情景下，请耶耶取名字。

"有花才有果，"耶耶说，"叫小果。"

有了小朵和小果，有一家子人要养，从册拥有一台录音机的梦想似乎更难实现了。逢年过节，回、彝、苗、汉等同胞常会聚集在云雾山水库边，用衣服蒙着脸唱山歌。有录音机的都会提着去到山上录下来，没事了就在家里一听再听。录音机也能吸引来会跳舞的男男女女，跳迪斯科，也跳霹雳舞或兔子舞，引得围观的人群大声喝彩。每次在山上看到这样的场景，从册便会说：

"我也要存钱，买一台录音机。"

权衡再三，从册没听任何人的意见，于此后不久果断买了一台燕舞牌双卡录音机。奇奇傍晚时分回家，看到录音机摆放在一米多高的松木碗柜上，依然用近乎透明的薄薄的包装袋罩着，以防火炉里的灰尘飘过来，落在上面。银灰色的机身，一边一个黑色的圆喇叭，深情款款地唱着《来生缘》。随着音量的大小，卡座上面向两旁延伸的一排彩灯明暗变幻着，发出五颜六色的光芒。

"买多久了，哥哥？"奇奇问。

"刚刚提回来。"从册说着，粲然笑起来。

"你去哪里了？" 从册问。

"放牛啊，"奇奇说，"还给牛割了一箩筐草。"

"耶耶病了，"从册说，"你们知道不？"

"我不知道，"奇奇说，"不晓得二姐知不知道。"

二十一

从册带着钱，下夜班时径直从磷肥厂沿着水大铁路去到二塘集市上买录音机。肚子饿了，去粮管所找耶耶，想跟他去粮管所饭堂混顿饭吃。耶耶把自己刚打来的白米饭、红烧肉及剁椒大白菜推给他，让他随便吃。

"你吃过了？"从册问。

"吃不下，"耶耶说，"我肚子又疼了。"

从册吃到一半，耶耶已疼得瘫倒在宿舍的水泥地上。他放下碗筷，叫来耶耶的两个同事，一起将耶耶送到二塘医院，办了住院手续。妈妈从田里回来，听了从册的话，把奇奇和二姐交给从册、余兰看管着，一个人去医院陪耶耶了，四五天都没回来。周日是二塘赶集日，红红的太阳挑在攀枝树上，被风吹得一甩一甩的。二姐没跟余兰嫂子打声招呼，带着奇奇出了村，过格扭大桥，过废弃多年的修配厂，走到202省道边磷肥厂的水磅房那儿。二塘河的水，竟能做出一杆秤，不管什么车，拉什么东西，往上面一开，便能知道有多重。奇奇一直稀奇，这个秤怎么做出来的，想沿着水泥台阶走下去看看。二姐不让，说那下面死过人。一个孩子在省道上被车撞死了，家人把他装在一个薄薄的小棺材里，抬到山上埋了。没几天，又被野狗闻着味道，刨出来吃得干干净净，还把头颅叼到水磅房下面的阴沟，放了很长时间。

这事，奇奇第一次听说，以为是二姐故意编来吓唬他的。

"是真的，"二姐说，"是薛老师的女儿去村里玩时告诉我的。"

"她也跟我玩的,"奇奇说,"怎么不告诉我呢?"

"我怎么知道,"二姐说,"不信,下次见到,你自己问她。"

二十二

薛老师有一个姐姐、一个妹妹,嫁在茶山村里。他女儿还小,未能上学,但也经常来茶山村里亲戚家玩。薛老师全名薛堡堡。伍邵红老师一年前当上了茶山小学的校长,经常往区里的教辅站跑,开各种会。他不在校期间,都由薛老师代奇奇他们班的数学课。薛老师教的是六年级,二姐那个班,人呆头呆脑的,还矮,看着还真像座敦实的碉堡。他走到哪里都一身酒气,眼角的白眼屎总也擦不净。就这么一个人,花花肠子还多得很。

他家属于新合村,房子紧挨着磷肥厂的水磨房。他老婆姓谢,也是新合村的,娘家在新合小学后面。他们结婚六年了,没有一个属于自己的孩子,准确点儿说,没有一个两人共育的孩子。薛老师教书,每个月多少有点收入,他还跟耶耶一样,是个手艺不错的木匠。水果成熟的季节，薛老师又走村过乡，贩卖苹果、梨子和核桃。他还自学成才，会帮牲畜打针，算半个兽医。收购或贩卖水果路上，都带着针水，谁家猪、牛、马、羊病了，也帮忙打一针。所有这些营生的收入，他老婆却一分没花着。他还背着老婆，在外找梅花乡的一个女人生了一个女儿，五岁多了，老婆才知道。孩子没跟着梅花乡的女人，也没跟着薛老师，好几年里，寄养在薛老师姐姐家里。这事给薛老师带来的各种麻烦，也是他姐姐从中撮合解决的。父亲三代单传，薛老师姐姐似乎比他更害怕家门绝后，再无子嗣。

薛老师的姐姐对外说，孩子是自己女儿的，放在他们家躲计划生育。说起来也是亲戚，薛老师和他老婆经常来姐姐家，都会给孩子带点东西，或买一套新衣服。偶尔的，姐姐说自己忙不过来，薛老师老婆在家忙完地里的庄稼，一个人闲着无聊得很，干脆让她帮忙带带，和她做伴。薛老师老婆乐滋滋地答应了，让薛老师领回来放在身边，下地干活、上街赶集都带着，又是背，又是抱，又是亲的。有一个上点儿年纪的男人从门前走过，问她，孩子是不是她家的，她说不是。问的人就笑了，说：

"你这个人啊，也是个傻子。别人把你卖了，你还帮着数钱。"

这个人也是梅花乡的,家在山王庙那边,海拔两千五百米左右。一年中,有半年的时间,二塘河谷鸟语花香,阳光灿烂,抬头看,山王庙云遮雾绕,时不时还会下一场雪。薛老师去他家收购核桃时,见他家院坝里的核桃树下,用绳子拴着的耕牛黄皮寡瘦的,牛毛又稀又糙,肚子上的肋骨根根可见,对他说,他家的牛肠胃不好,喂再好,吃什么,都吸收不了营养,打几针,最近都别让它耕地,调养三两月,自然就好了。此人相信了薛老师,让媳妇烧水给薛老师煮针头,还为他打下手,牵着牛鼻绳,安抚着牛的情绪,让薛老师在牛脖子上打了一针。时间不早了,他还留薛老师吃午饭。薛老师又开始贪杯,吃的下酒菜又咸,中途走出来在他们家屋檐下用水瓢大口喝水。见到耕牛躺在核桃树下,四蹄乱蹬,不停抽搐,嘴里还吐出白沫。心知用错药物,大事不妙,薛老师都不敢再回去继续吃饭,背着自己收购的半背箩核桃跑了。跑得了和尚跑不了庙。这人不知道薛老师家在哪里,只知道他酒后自称是茶山小学的老师,跑到学校来几次,跟他吵,跟他闹,要赔钱。了解情况的其他老师,如徐文等,也觉得错在薛老师,应该赔别人钱。他这才软和态度,答应下来,可好几个月过去了,一分钱也不给,赖账的意思非常明显。此人这才想出这个办法,对付薛老师。

其实这事，山王庙及茶山村里的很多人都知道，没事了喜欢聚在大水井边的打谷场上拿这事嚼舌根。有一个妇女抱着自己的女儿来从册家串门时，压低声音，神秘地给余兰嫂子说：

"人家黄花大闺女，荒山野岭的，一个人在地里薅苞谷，被他白白糟蹋了。"

"黄花大闺女？"余兰问，"多大年纪了？"

"二十好几，快三十了，"妇女说，"是个嫁不出去的憨包哑巴，傻的。"

"难怪哦。"余兰说。

"听说还不止一次呢。每次给颗糖，送包饼干，就得逞了。"

"难怪哦。"余兰说。

"家里人一开始以为是吃胖了，发现情况不对时，肚子都大得圆滚滚的了。"

"又怎么知道是他做的呢？"

"听我慢慢给你讲嘛。"

狗急跳墙，耗子急了咬人。薛堡堡想孩子想疯了，这几年，没少跟老婆谢水花吵和闹，架也不知道打过多少回，想跟谢水花离婚。生不出孩子，责任在谢水花，可她死也不肯答应。薛老师想了折中的办法，让谢水花同意他在外面另找一个女人，帮自己生一个孩子。外面找的女人不会进门，生下的孩子却是要带回家来养的。天下就没这样的事情，谢水花更不答应了，再说，哪里去找这么傻的女人啊。巧不巧，薛老师竟然撞上了。他知道人家怀孕了，让姐姐带着自己辛辛苦苦挣来的两千块钱，去到那户人家，要求女孩的父母别带到医院引产，足月后生下来送给他，他来养。两千块钱就送给人家。为表明诚意，先交一千块的定金。人穷志短，那户人家还见钱眼开，明知道是薛堡堡造的孽，却也同意了。

"难怪哦。"余兰又说。

薛老师的老婆谢水花那个气啊，简直不打一处来。她用菜刀把薛老师姐姐家的门槛都砍烂了，回家继续提着菜刀把自己家的门槛也砍烂了。二塘河谷许多人家都有三宝，中柱、锅庄和门槛，这是观音菩萨的象征，神圣不可侵犯。任何人不得向火塘吐口水，不能用脚踩踏或用其他东西敲打锅庄和门槛，否则得买着红布挂在别人家的门楣上，放着鞭炮赔礼道歉，还要杀鸡宰羊，请主人家吃一顿好酒席。薛老师管不着姐姐家的门槛，也管不着自己家的，他自知理亏，老婆怎么骂都忍着，一个人喝闷酒，却也因此差点儿被二塘河泛滥的洪水淹死。

二十三

　　每年汛期，二塘河都要发几次洪水，小则漫过堤坝，在河谷上的庄稼地里又添一层淤泥，大则将庄稼及种地的土层一并裹挟干净。再大一点儿，地势低一点的人家房子都会被冲毁，来不及转移的猪牛马羊在洪水里翻滚着，嗷嗷叫唤几声便没了影子。洪水只是让波澜不惊的岁月隆起一道皱褶，其所带来的灾难对奇奇他们这个年纪的孩子来说，基本是无关痛痒的。一见到下雨，聚在一起玩的，便会拍手齐声歌唱：

　　　　大雨大大下，
　　　　小雨我不怕。
　　　　北京来电话，
　　　　叫我去当兵，
　　　　我说我还没长大。

　　雨停水退了，他们又会带上水桶、撮箕，去麦田里，在洪水冲出来的深槽中捞小鱼和泥鳅，装在水桶里提回家煮汤，或裹着面粉，油炸到金黄吃了。他们幼小的心灵还不能深刻体会洪水所带来的惨剧，甚至都不怎么关心自己家位于河谷的麦田、水田、玉米地也被冲毁了——一家人的生计，已出了问题。

好在三两月过去，过江草又会先于所有植物绿油油生长出来，匍匐着身子，用更加柔韧有力的根系，再次紧守着水土，修复着千疮百孔，也让二塘河谷再次变得生机盎然。家家户户走出家门，提着锄头，带着皮尺，循着原来的印迹，重新丈量土地，薅走完成使命的过江草及其他杂草，种上谷物，养活自己。丰收的时候，欢快的收割声依然在二塘河谷各处响亮地唱起来：

太阳大了晒趴人，
惟愿老天起云朵；
惟愿老天起云朵，
太阳不晒雨不淋。

太阳大的难得薅，
擦把汗水伸个腰；
抽袋烟来歇个气，
歇了气来攒劲薅。

满田满坝谷子黄，

男男女女收割忙；
栽秧莫怕天落雨，
打谷莫怕大太阳。

小麦、谷子、玉米，一箩一箩背回去。留下秸秆、稻草或玉米秆，在二塘河谷的大地上一层层摞起来，堆得到处都是。还是奇奇他们这群孩子又出动了，在明亮的月光中，听着苗族的歌谣，在草垛中玩躲猫猫游戏。凡是参与的孩子都要伸出拳头围成一圈，其中一个将歌谣一个字一个字唱出来。每唱一个字，还伸出自己的食指，依次循环点击着每一个人的拳头：

点地明堂，
明地三堂。
新官上任，
老官退堂。
大鹅下蛋，
二鹅送饭。
送到瓦桥，
打破瓦罐。
老鹰过沟，

啄块石头。
老鹰过岩，
啄枝干柴。
金点银点，
棉花绣点。
小娃爱玩，
拿它蒙脸。

"脸"字最后落在谁的拳头上，谁负责找人，其他孩子哗啦一下全闪了，隐藏在草垛中、柳树上，天气热时干脆脱衣下河，藏在水里。太多人藏得过于隐蔽，跟消失一样，基本无法找到，一个猫猫躲一个晚上。也有半天没人来找的，干脆自己走出去，不跟谁打声招呼就走了。剩下的愿意躲的继续躲，不愿意的玩过家家游戏。躲猫猫时钻进爬出拱出来的草洞变成一个个小小的家庭，邻近几个家庭的孩子都聚在一起。奇奇他们这一群，都听二姐的。每次，二姐都把他和小莲安排在一起。

小莲梳着两条小辫子，皮肤又白又薄，还洒着淡淡的雀斑。她家在奇奇家左前方，两人一般大。小莲喜欢玩，一听到奇奇和二姐放下碗筷甩门出去，她也赶紧开门跟着跑。她胆小，怕黑，不敢一个人穿越几家人门前的缓坡上的攀枝林到麦田去。她奶奶每次都要交代奇奇或是二姐，要带上她，好好照看着她。小莲还胖胖的，由于胖，全身的每一个部位看着也是圆圆的。她性情柔弱，爸爸去世后更加爱哭，一句嫌弃的话，一个不好的眼色，都能让她"吧嗒吧嗒"掉眼泪。妈妈看到了，会不分青红皂白骂奇奇几句。谁和谁是一家，二姐分好后，奇奇带着小莲，在麦秸垛里使出蛮力，用臂膀拱出一个更大的供两人容身的空间，当作虚拟的家庭。在这个家庭里，他们学着各自父母的样子过日子，玩累了又回到家里，继续听小莲奶奶讲那些神奇的故事。

　　小莲奶奶受三公公影响，也会讲一些鬼故事。二塘河谷每天都有亦真亦幻的事情发生，见得多也听得多了，一点儿意思都没有。小莲奶奶就换种口气说，旧社会时，村子四周的山上还有老虎和豹子呢，后来都被猎人用枪用箭打去吃了。二姐、奇奇和小莲忍不住跟着奶奶一起叹气，一起惋惜。小莲奶奶继续说，但老虎和豹子都没有土匪可怕，他们从韭菜坪上下来，抢钱，抢粮，抢女人。所有的小媳妇和未嫁女都会用锅灰、泥炭把脸抹黑，在床下和灶台下，或者专门在屋后挖出来的小洞里躲起来。二姐、奇奇和小莲一点儿都不信，世界上怎么会有这么坏的人呢。可待小莲爸爸惨死在他人刀下后，他们便信了，这个世界上真的有坏人。田敏策就是其中一个。

二十四

田敏策是钟山区芭蕉坎人,他有个干爷爷,叫田国富。田敏策的成长历程与干爷爷有很大的关系。田国富是个传奇人物,是大英雄。他的故事跟茶山村三公公的故事一样,一直被二塘河谷的人们久久传颂。田国富身量适中,童年时期曾跟着一个家住猴场的亲戚耍猴带卖艺,在云贵川一带跑了几年。他练过长拳、洪拳和通臂拳,虽都不怎么精进,三两个人却也拿他没有办法。他的眉眼长得有点像猛张飞,脸颊上鼓着两坨肉。成年之后,他回到故乡安乐村准备娶妻生子,过安定日子,却长期被土豪劣绅压迫。乡长要抓他去充壮丁卖钱,派一个乡丁来诱他赌博,趁机想把他抓住,直接装车,扭送到水城县国民党的部队上。

田国富聪明,运气也好,应邀前来,不一会儿,赢了五十个银元和一支步枪,并识破乡长的诡计,带着银元和步枪借口上厕所偷偷跑了。乡长带着几个乡丁沿着河谷追了几里地,还开枪嗵嗵打他。子弹把夜幕打出一个个窟窿，树梢打断了，石头打碎了，就是没打到他，也没把他抓住。没人敢收留田国富，连他舍不得离开的姑娘也不敢，他又不能一个人长期独居在山里。无处安身的他好几年时间都在二塘河谷一带，四处召集其他躲藏的壮丁以及逃避各种苛捐杂税的百姓，扛着种地的锄头、镰刀，打猎用的猎枪、弓箭，多次与土豪劣绅的武装发生正面冲突，双方都死了许多人。水城县的保警队扛着小钢炮进山对他们多次围剿。田国富带领队伍飞檐走壁，避其锋芒，保存实力，队伍反倒越来越壮大，有了百十余人，百余条枪。这才有了与保警队正面对抗的实力，双方在田国富初建的据点白圭大寨进行了一场恶战。

白圭大寨坐落在玉盘一样的石基上，十几户人家的房子都是砍原始森林的参天树木修建起来的，有的高达两三层。寨子身后即是海拔近2000米的尖山营，苍茫逶迤又视野开阔。寨前是波涛滚滚的二塘河，左右两侧都有一道天然的五米多高的石墙，这便是田国富选此为据点的原因。一夫当关万夫莫摧，打不赢，还有原始森林可以遁身。按照他的要求，从挨近河道的宅门开始，每隔200米站一个人持枪放哨，发现敌情便响锣为号，相互传递。

保警队是某一天的清晨顺着河流，以大雾做掩护，偷偷潜到寨门前的。整个二塘河谷都白茫茫一片，雾气浓稠如棉,手在空气中一捞,便能抓起一大把,身在近前的人也要撕开棉花才看得清面目。晨光刚明,哨兵迷迷糊糊打着瞌睡,突然一个声音从大雾中浮游到大寨里来:

"我们是水城县保警队的,我们的刘大队长请匪首田国富出来说话。"

"老子是四川来的刘正清,"刘大队长等不及寨内的人回答,自己跳出来说,"奉上峰的命令前来剿匪,田国富,赶快带上你的人出来投降,否则,踏平你的寨子。"

"刘大队长,你搞错了,这里没有土匪,都是种地讨饭吃的农民,你赶紧回去吧。"田国富知晓情形后,说道。

"老子就是来抓你的。回去?"刘正清说,"老子当然要回去,不过得拖着你的尸体一起回。"

言语交锋后,双方下令开火。田国富的人马居高临下,朝着浓雾中发出声音的地方放了几枪,子弹穿过浓雾。保警队的人躲在河坎下,也朝着寨子里放了几枪。谁也看不见谁,彼此都是浪费子弹。各自又按兵不动,等待阳光化开浓雾,这才正式开打。田国富能使刀枪棍剑,也能使双枪,百米之内,弹无虚发。手下的人使用步枪,打一枪换一发子弹。他把百十号人分成两排轮番上,确保枪声不断,阻击不止。保警队身处劣势,冲锋几次都被打回，还死了几个人，只得老实趴在河坎下，抽冷子放一排子弹，又躲起来。好在他们人多，子弹也多，还有后继人马从其他地方赶来支援。再拖下去，子弹没了就无力还击，万一保警队一拥而上，硬闯，所有人都会死无全尸。田国富收集剩余子弹，带十几个枪法好的队员继续阻击，其他人先行一步，翻上尖山营。继而，他们这十几人边打边退，也跟着消失在乌蒙山浩浩荡荡的原始森林里，保存实力，与保警队继续周旋。

解放前夕，云南罗盘地委派地下组织成员到水城及威宁县一带活动，一个扮成江湖郎中、名叫白城的人联系上田国富，说服他加入共产党并接受其领导，送给他一百多条步枪，还把已经收编的二塘芭蕉坎一带一支四十多人的农民武装交给他一起领导。他们几个骨干成员在二塘的黄家花园通过秘密会议成立了黑威水游击队，白城当司令员，田国富当大队长。二塘河谷的其他农民武装知道后纷纷投靠，队伍一下壮大到五六百人，随后并入滇桂黔边区纵队，改名速安支队，加入解放大西南的行列。

水城县的保警队依然是刘正清带队，到二塘河谷下游的落飞嘎围剿他们。游击队通过密探早已收到消息，在一个叫吊水岩的山崖上设计伏击。保警队翻越到吊水岩中部，上不去，下不来，腾挪不开身子时，游击队上下围攻，枪炮齐鸣，打死保警队四十多人，只剩几个残兵游泳逃回去。游击队只有密探丢了性命——是他把保警队带进伏击点的，也是他说从吊水岩上翻过去可以省四五个小时的进攻时间，不然游击队又跑了。吊水岩崖高四五百米，上面长满了野李子、野葡萄，放牛娃常翻上翻下采野果吃，踩出来一条几无人迹的茅草路。密探一直走在保警队最前面，双方打起来，保警队队员一个个在他身边倒了下去。游击队的枪子会转弯，会抛物线飞行，会打中石头后又弹回来，准确命中保警队队员，密探却连头发丝丝都没掉一根。

"你是不是卧底？"刘正清掏出手枪，顶着他的脑门。

"怎么可能，"密探说，"大队长，我跟了你几年了？你好好想想，我多少次为你出生入死，差点儿把命都丢了。"

"是不是，"刘正清一把把他拉到自己前面，说，"这样不就知道了。"

刘正清为害一方，罪大恶极，被他亲手杀害、暴尸的二塘河谷乡邻有百十人。他思维缜密又谨小慎微，一般人很难接近，平时出入各种场合，身边跟着一二十个保警队队员保护自己。迫害、围剿游击队队员的各种计划，都是他亲自策划，也亲自实施的。除掉他的意义不言而喻，现在又是千载难逢的好机会。密探知道，刘正清是拿自己挡枪子，其他游击队队员也知道。眼瞅着刘正清藏身密探身后，抓住一根手腕粗的藤条，身子只须在空中一荡，便会飞出几丈远，很快消失在一片原始的密林中。

"开枪啊——"密探向着自己的队伍大喊。

所有人都在迟疑，你看着我，我看着你，都下不了手。

"你们给我开枪啊——"

枪声响了，是刘正清开的，正好打在密探大腿上，免得他爬得太快，自己失去掩护。密探急了，忍住疼痛，转身扑下来抱着刘正清，两个人一起从吊水岩中部两百多米高的地方掉了下去，粉身碎骨地死在岩下的一块石板上。战斗结束，队员们便在吊水岩下找一块干燥的平地，挖一个坑，把密探埋葬在那里。墓前竖一块天然的石板，写上他的姓名、生卒年月及牺牲事由。群龙无首的保警队随后又派出四个团、一个排前来围剿，又被白城和田国富领导的游击队在二塘河谷下游的汪家寨一举歼灭。游击队士气大涨，大家唱着自己编的战歌，趁势开拔：

红花开，
兵哥笑，
二塘人民头抬高；

斗地主，
打土豪，
分粮分衣好热闹；

苦根刨，
苦水倒，
千年仇恨一起报；

阶级仇，
莫忘掉，
跟着解放军干到老。

他们以摧枯拉朽之势，将二塘河谷的国民党政权彻底摧毁，并在二塘建立了坚不可摧的革命根据地。威宁彻底解放后，游击队在县城编成正规军，两个营的战士每人背着三十斤烧熟的土豆，一天一夜行军一百八十里，马不停蹄赶到贵州最高峰韭菜坪，全歼土匪七百余人。至此，二塘河谷的匪患彻底根绝。

韭菜坪是高寒地带，过江草无法生长，漫山开着的，是紫色、白色的野韭菜花。岁月更替，已经越来越少人知道，韭菜坪的许多鲜花下都埋葬着剿匪解放军的尸骨。山下的大箐村住着的全是彝族人，他们自称是龙的传人、虎的化身、鹰的后代。韭菜坪一直都是龙、虎、鹰的秘境故乡，神圣不可侵犯。土匪绞杀殆尽后，韭菜坪又恢复了原始的风貌，在其再次退隐乌蒙山前，最后一任土司带着大箐村的彝族子孙，在韭菜坪上开了一道赍舞门，迎接所有受到战事叨扰而飞离的星宿回家，不让他们在遥远的星河继续忍饥受冻，也方便战死的英灵通过此门，上到天上或魂归故里。一朵野韭菜花就是一个故事，每一个故事都那么悲壮、动人。这也是韭菜坪的野韭菜花比任何地方都开得艳丽的原因。

二十五

田国富会把自己亲身经历的这些故事讲给自己的儿子田顺民听，田顺民也会讲给自己的干儿子田敏策听。田敏策拜借给田顺民当干儿子的原因及过程，与奇奇拜借给尹久岛差不多,只不过,田敏策与田顺民的关系十分要好。二塘河谷盛产煤炭,田顺民就是二塘河谷最大的煤老板,他比村里鱼儿的爸爸有钱多了。他在自己家地里——后来也租用别人家的土地——开得有四口煤井,一天出产一两百吨煤炭。他还承包了大湾、二塘、猴场、梅花山四个火车站的煤炭发货生意。许多地方的人都在谈论万元户时,田顺民的钱已经多得数不清了。这些钱都是把二塘河谷的许多座大山掏空后变成的,安乐村附近的山丘就更不用说了。

安乐村入口便是架在二塘河上的安乐桥,桥边有一棵四五个人才能合围的大树,树种是啥,没人知道。树干高达百余米,枝枝丫丫伸展开来,占了两三亩地。这三亩土地任何人都不能耕种,先前是围了一道篱笆,篱笆烂了,改成铁栅栏,之后又被田顺民花钱改建成一道两米多高的围墙,用以盛装这棵树上掉下来的叶子。这棵树长着人的肺片一样的灰白叶子,它不开花,不结果,只长春生秋落的叶子。这种叶子不能采。掉水里的,被风吹走的,自有天意;掉树下的,也不能踩,否则会触霉运,严重的还会身患恶疾,失去性命。村里人从树下经过都变得小心翼翼,见到树叶掉下来,就得怀着崇敬的心捡起来,轻轻放进围墙里。这一过程,如你心有祈愿,有的能成,有的不能成，什么原因，也没人知道。

为保护每一片掉落地上的叶子，田顺民专门雇一个人，每月开他一百元工资，日夜守护着这棵树。可他只保护叶子，没保护根系，没想到这棵树深入山川与河谷的根系，已经被他的煤矿工人一根一根全部挖断。奇奇上小学那一年秋天，叶片全部落尽，此后再没有一片叶子生长出来，连一个毛茸茸的嫩芽也没有。上年纪的人心里凄惶，开始警告，说村里一定会发生大事，具体什么事，他们也说不清楚。次年入秋，田顺民的一个矿井突然发生瓦斯爆炸，继而引发相邻矿井发生透水事故，死了三四百人。

每一个死者田顺民都要赔偿，如此这般，他依然是二塘河谷最有钱的人。也只有像他这么有钱，才能吃遍山珍海味，吃遍这个世界所有能吃又好吃的东西，继而确认，自己这辈子最喜欢吃的便是二塘河谷的带皮黑山羊。每个周六，他都要坐着他那辆202省道上唯一的桑塔纳轿车，赶一二十里的路去吃一顿，喝的还是二塘河谷的水酿出来的苞谷酒。他是个不苟言笑的人，狭长的脸颊上一年四季飘扬着冰冷的霜花，只有羊肉吃到嘴里，霜花才会开成鲜花，在眉眼间绽放。接送他去吃羊肉的，就是他的专职司机田敏策。

田顺民走到哪里，田敏策就跟到哪里，他是田顺民的影子、佣人，也是打手。如果一年有三百六十六天，多出来这一天，田敏策也是住在田顺民家里。在那栋紧挨着神奇大树的三层洋楼里，田顺民特意为他准备了一间屋子，方便他随叫随到，为自己也为全家人服务：送孩子上学，为家里买菜，为饭局买烟买酒，给车子加油保养，到村里某某人家传递个口信，提着东西去某某领导家走一趟……只要田顺民开了口的，就没有田敏策做不到的。哪怕田顺民对着谁喊一声"给我把他杀了"，田敏策就一定会把那个人杀了，有时候就是不喊，他也会这么干的。一年多前，在梅花山乡场上那次就是这样。

那是个太阳热辣得让人晃眼的夏天，田顺民眯着眼睛坐在露天羊肉摊前，吃几口羊肉，喝一口羊汤，又喝一小杯四十五度左右的苞谷酒。碗若空了，要喝汤抑或要吃肉，随时吩咐一声，摊主提着一把长柄勺，在餐桌附近炭火煮炖着的一口大铁锅里舀一勺马上送过来。铁锅支在砖头围砌的火炉里，烧火所用的煤炭便是从田顺民矿上买的。每次摊主都是请一辆红星拖拉机去拉，田顺民看到了，便会多送他三五百斤。吃羊肉，他却从未少过一分钱。哧溜一声，又一杯苞谷酒涌入肝肠，美得他全身通泰起来，没注意到身边有个五十出头、皮肤白得照得见人的瘦高个男人也拉一把小板凳，在自己身边坐了下来。这个人叫田七七，也是安乐村的，跟田顺民是堂兄弟，一个爷爷的那种。

"哥，"田七七套近乎说，"又来吃羊肉啊。"

"嗯。"田顺民看他一眼，脸上的霜花又飘扬起来。

"请我也吃一碗吧？"

"你自己动手啊，难道要我伺候你？"

田顺民示意羊肉摊主给田七七盛一碗端过来，放在桌上。眼见田七七把碗往自己身前挪一下，田顺民捡起桌上的蒜瓣慢慢剥着，又说：

"怎么了，七七，混到连碗羊肉都吃不起了？"

"最近手头不顺，自从村口那棵树上的叶子掉光了后，我手气就没有顺过。"

"别整这些没用的，"田顺民说，"你手气顺不顺，跟那棵树掉叶子没半点关系。"

"怎么没有，"田七七说，"你没挖断树根、弄死树木之前，我逢赌必赢，从未这么凄惨过。"

"你说什么？我挖断树根？谁告诉你的。"

"没人告诉我，"田七七说，"哥，我瞎说的，你别介意。"

"瞎说也不能乱说啊，你怎么回事？"

"我也没乱说什么,村里人都这么想的,只是不敢当着你的面说而已。"

在村里人眼里,自己已经成了害死神树的罪人了,田顺民气得脸色冷硬,像封冻的土地,连霜花都飘不动了。他伸出手去,抢夺田七七身前的大碗,意欲把肉倒在地上。田七七看了出来,双手紧紧按住,两个人相持了半分钟。"咔嚓"一声,大碗碎开,羊肉撒得满桌都是,肉汤都飞溅到两人衣服上。最要紧的是,碎碗划破了田顺民的右手虎口,鲜血汩汩流淌着,跟羊肉汤混在一起,散发着淡淡的腥味。田顺民一直不喜欢赌徒田七七,作为一家人,他才愿意借钱给田七七的二女儿,让她到省城去上大学,却被田七七深更半夜从女儿口袋里摸去了一半,转眼输个精光,再派女儿来苦苦哀求,下跪,哭得稀里哗啦。他连半个子儿都不会再拿出来。田七七只要多喝两杯酒,便会在酒桌上当着外人说他的坏话,说自己从没指望过能从铁石心肠的田顺民那里借到一分钱,田顺民是个为富不仁的人,那么有钱,从不拿出半分为村里修井、修路、修学校,矿井里才会死那么多人;谁家有灾有难,田顺民也从不资助半厘,钱都是留在家里,等着矿井里出更多的事故,赔更多的人。念及这些,手又疼,田顺民再也没忍住,用左手抓住右手的虎口,起身就是一脚,踢在田七七肩头。田七七一屁股坐在地上,眼见田顺民又飞来一脚,来不及起身,只得借势一滚,灵活躲了过去。

"哥,"田七七说,"君子动口不动手,你这么大个老板,注意点儿形象。"

田顺民追上去,继续踢,田七七的后背挨了一下,"咚"的一声。

"我们可是亲戚啊,哥!"田七七说,"连亲戚你也打。"

田顺民依然追着他踢,田七七也恼火了,顺手捞住田顺民的飞脚一拉,田顺民轰然倒地,还把羊肉汤锅也撞翻了,滚烫的羊汤瞬间将田顺民杵到锅里的右手烫脱了皮。田顺民一声惨叫,左手一抓,右手臂上掉下一块皮来,人立刻晕死过去。田敏策没吃羊肉,虽心里喜欢,但田顺民不让。田顺民自己吃闻不到羊肉的腥味,别人吃却说臭得他老反胃,想吐,尤其在密闭的小车空间里。田敏策在几十米开外的另一个小吃摊上吃苦荞凉粉,吃完了觉得没够,另叫了一碗豌豆凉粉。赶场人打架司空见惯,相互有恩怨的,山高水长,平日找不着,也懒得去找,赶集了自然聚在一起,道理讲不清,拳脚分高低。一次集市,一天下来,打三五场架,相互动刀、动枪,彼此伤身、丢命,都是常事。他都没往田顺民身上想,待听到田顺民的惨叫,才知大事不妙,丢下碗筷飞跑过来。

田敏策眉粗脸圆,身材矮壮,却异常灵活。他也懂长拳、洪拳和通臂拳,跟七十多岁身子骨依然强健的田国富学的。田国富每天早晚穿一套白色的纯棉练功服,在二塘河边绿油油的过江草上耍几套拳,锻炼身体。田敏策没事就跟着他学,效果非常明显,多次为田顺民与人大打出手,从未让对方占过便宜,不然田顺民也不会时时刻刻把他带在身边。见田顺民倒在地上不省人事,以为已经死了,田敏策不容分说地扑倒田七七,一个劲往死里打。几个窝心脚后,田七七趴在地上惨叫着,喉咙干呕着,差点儿喘不过气来,顺势从腰上抽出随身携带的一把一尺多长的牛角刀,寒光一闪,趁田敏策不备,捅在他大腿上。田敏策忍住疼痛,把刀抢了过来,又在田七七肚子连戳好几下。田七七捂住刀口站着,似乎没明白怎么回事,继而打了个趔趄,躺倒在地,喉咙里轰隆隆地滚过一声叹息。

场坝边便是梅花山医疗站,医生提着药箱赶来,田七七已经死了。他转身接着救治田顺民和田敏策。传言说,田七七也杀过人,一个女人鼓动两句,田七七便把梅花山四梨树村的一个老头推下村头的山崖摔死了,还伪装成老头醉酒,自己摔死的。

田敏策没想跑,大腿挨了刀子,也跑不远,当下便被抓到二塘区派出所关了起来。他没上过几天学,以为自己没事,抢刀杀人,正当防卫,还有干爷爷、干爹保护他呢。他们有头有面,比这还大的麻烦都能解决,要多少钱有多少钱。不就是死个人吗,三百多个煤矿工人都赔得起,一个田七七算什么。之前毫不相干的事,干爹都能保护他,这次完全是为了干爹的个人安危才出手杀人,干爹哪有不倾囊解救,助他化险为夷的?

二十六

三十好几的人了,他以为自己还是那个少年时期的田敏策。田敏策是芭蕉坎人,父亲种地之余,背着背篓去火车站给田顺民当搬运工。妈妈像余兰嫂子一样,在铁路边摆烤摊卖土豆和臭豆腐。田敏策就是吃着妈妈烤的土豆和臭豆腐长大的。五六岁开始,拜借给田顺民做干儿子后,每年过年,田敏策都要提上一挂新鲜猪肉,走过麦田,跨过安乐大桥,从芭蕉坎的家里去到田顺民家给干爹拜年。他聪明伶俐,嘴巴又甜,从干爷爷、干爹、干妈,直至田顺民的两儿三女——他们年纪都和田敏策差不多大,都会按照辈分和长幼,一路叫下来,让田国富和田顺民老婆喜不自禁。尤其田国富，他把田敏策拉到身边，筋筋骨骨摸一遍，说：

"嗯，这个娃娃，是练武的料。"

田顺民的五个孩子和田顺民却不怎么喜欢他，嘴巴太甜，便会腻人，又是偶然跨过一座新搭的小木桥得来的干儿子，没什么感情。只有田国富在寒暑假时会想得起，把他叫到家里，玩上几天，再送回去。他一来，田顺民老婆便会给他买一身衣服，或最时兴的手柄游戏机。她对田顺民说："干儿子也是儿子，拜借给你，也是千年修来的缘分。"田顺民这才会正眼看他几眼，不苟言笑的脸上，若有所思。他听说田敏策学习不好，问他是不是不喜欢读书。

"喜欢，但是读不进去。"田敏策说。

田顺民没有接着问，他不想知道太多，他的五个孩子已经够他操心了。田敏策会有一个什么样的未来，还不在他的考虑范围之内。可以想见的是，一个不喜欢读书的人，长大后除了在二塘河谷跟自己的父辈一样种地养活自己，似乎也没什么好的路子。田敏策也不例外，他的童年和少年，都是骑着一头灰色的大水牛在二塘河谷到处放牧度过的。他在二塘中学读到初三上学期便再没去过学校。这样的年纪，说大不大，说小不小，再有关系，也不能进入一个厂矿上班，拿一份薪水。他整天在水大支线上游荡，上到大湾，下到猴场，带着一帮年纪相仿的孩子，学会了抽烟喝酒，或许是受到干爷爷故事的启发，他还学会了扒火车，跟《铁道游击队》里扒火车是一模一样的。

山重水复，水大支线在河谷里，跟二塘河一样，弯弯曲曲的，猴场火车站到二塘磷肥厂那一节，十多里长，却穿越十几个山洞，甩无数个弯。凡转弯和过洞时，车速十分缓慢。田敏策他们埋伏在铁轨边的小树林里，火车过来，加速跟着跑一程，节奏对上了，再抓住车皮上的一根铁杆，手一提气，人便飞了上去。每个人腰上都别着一根中空的铁钎。车皮里散装的东西一目了然，麻袋或蛇皮袋装着的，抽出铁钎插进去，拉出来一看，空心里装了一管。凡是能吃能喝能卖钱的，他们都往下丢。大米、红薯、虾片、鱼干等物品，在铁路两边散得到处都是。有时，他们也能扒到昂贵的金矿和铅锌矿，雇拖拉机拉到水城县或威宁县里卖，二塘集市上也有人低价偷偷收购这些东西。整来的钱都拿去买烟买酒，或去到城里胡吃海喝，也做一些不干不净的事情。公安掌握情况后，先把收购赃物的人抓了，再顺藤摸瓜，把田敏策他们小团伙一网打尽，关到二塘区公所后面的一个小黑屋里。田敏策妈妈丢下烤摊，哭着去求田顺民，希望他能动用关系，保自己的儿子出来。

"让他关一阵子,"田顺民说,"年轻人,得受点儿教训才能长记性,知道什么该做,什么不该做。"

"什么该做,什么不该做,"田国富说,"不是靠关就能解决的,他还是个孩子,这个年纪的人,需要引导和教育。"

见田国富穿戴整齐要出门,田顺民这才起身,开着他的浅灰色桑塔纳去找他的公安朋友,把田敏策保了出来,按照田国富的交代,径直从小黑屋带回安乐村家里。大半年不见,又经过扒火车历练,田敏策的身子往上蹿出一截,已经完全是个大人的身板了。嘴上长了一层毛,依然还是那么甜,又比以前懂得人情世故,眼里十分有活。不管是田顺民矿上的事情、地里的农活,还是一般的家务,看得见的、看不见的,不需要吩咐,他都能给你干脆利落地完成。通过这些事情,田顺民才了解,田国富为什么那么喜欢田敏策。他有牛劲,一根筋,认死理,做起事情来专注而义无反顾,一副不达目的不罢休的样子。这跟田国富年轻时一个德性。这德性,田国富没遗传给田顺民,也没遗传给田顺民的五个孩子,反倒是一个拜借来的干孙子跟他像一个模子刻出来的。也通过这些事情,田顺民想明白了一件事情:他的身边,需要这样一个人,能办事,还信得过；公开的，私密的，不便让自己也不便让自己的孩子出马的，都可以交代给他，神不知鬼不觉地去完成。

"会开车不会？"田顺民问。

"会开拖拉机。"田敏策说。

"那就可以了。"田顺民说。

第二天，田顺民花钱在水城县车管局给田敏策买了一本驾照，让自己的大儿子带上他，在河谷宽敞一点的坝子里，开着桑塔纳练了几天。曾经的混混干儿子，摇身变成他的专职司机，鞍前马后为他和他的家庭服务，直至在梅花山集市上闯下大祸，杀了田七七。这一次，无须任何人来求，田顺民也会积极想办法，动用一切关系去保田敏策，或让他少受点儿罪，少判几年刑。干爹与干儿子间，已经有了深厚的感情

"杀人偿命，天经地义，"田国富说，"他犯的是国法，是死罪。"

"以前关起来了，你不也想去保他。"

"他那时年纪小，心智不成熟。"

"事情是因我而起的，"田顺民说，"我不能不管不问。"

"管管可以，让他在里面少受点儿罪，但不能保。"

"为什么？"

"刚才已经给你说了,他犯的是国法,是死罪。"田国富说,"这是大是大非问题。我虽从县政法委退休了,也是国家的干部,你别给我憨戳戳的,惹事。"

"我怎么憨戳戳的了……"田顺民说。

"唉——"田国富说,"你一个做事业的人,说出这样的话来,还不是憨戳戳的?"

一问一答间,田顺民明白过来,法律面前,确实不应该这样做,代价和影响都太大了,他根本承受不起。田顺民不会再保他了,田敏策从自己的父母那儿得到了这个信息。他依然留置在区公所后面的那个小黑屋里,曾经跟他一起扒火车的一个伙伴去小黑屋看他,也对他这样说,还说村里人都在议论这件事,说是他先打田七七的,后来又捅那么多刀,已经不是正当防卫了,而田七七才更像是自卫,才拔刀的。他要不被枪毙,估计也会把牢底坐穿。田敏策反背着手,两个拇指被一副亮晶晶的拇指铐铐在一起。将被五花大绑地移交给水城县公安局的前一天晚上,他再次从干爷爷身上得到了灵感,在小黑屋扭断一个拇指,弄坏门锁,逃了出来。一个值班的公安人员听见动静前去查看,却被田敏策三五下撂倒。打斗中,公安的64式配枪掉在地上,又被他抢先捡到,手枪里还有四颗已经上膛的子弹。田敏策就是用那把枪突破了重重包围,消失在夜色中的。

事情闹大了，水城县和威宁县公安局成立联合抓捕队，还请武警协助，把他家翻个底朝天。田敏策的所有亲戚朋友，包括田顺民家，也都搜查过。抓捕队又在田敏策有可能藏身的山里搜了个把月，都没将他抓捕归案。人们议论纷纷，有人说，田顺民已经偷偷资助田敏策逃亡外地，田敏策都已从云南的西双版纳逃往金三角，在那个三不管的地方跟人种鸦片去了，甚至有可能跑到缅甸去，再也不回来了。随着搜捕队将工作转入地下，两个月后，谣言不攻自破。不知藏身何处的田敏策开始出来活动，现身大湾、小湾、二塘、猴场及几个与之相邻的乡村，提着一把砍刀，腰里别着64式手枪，不断抢人。

田敏策毫不遮掩自己的面目，也不掩饰自己的目的，一把大砍刀扛在肩头，眼睛赤裸裸地看着被抢的人，让人家拿出钱来。十块八块他都要，没钱的，他也不伤你。山重水复，逃走的路千万条，他为什么不走？留在二塘河谷，不管藏身什么地方，他都能通过各种方式找到一口吃的填饱肚子。这么做，完全是做给田顺民看，你不保我，我就要在二塘河谷坏事做尽，不为什么，就是要让你好好看看。不过这都是空穴来风的猜测，最有可能的是，谣言他都听到了，很有启发，他确实想跑得远远的，去金三角。抢人便是筹钱，没有足够的路费和盘缠，光靠双腿谈何容易，更何况走到哪里，钱都能使鬼推磨呢。那段日子，整个二塘河谷的人们一到晚上，都关门闭户在家待着。每个孩子都被严格看管着，大白天也不让进山里放牛、下河洗澡，更不让去铁路上游逛，干坐在家里与家人一起猜测田敏策可能藏身什么地方。

以往抢人，田敏策都靠夜色掩护，不论是否得手，都马上消失。唯有抢小莲爸爸是大白天进行的，具体说，是下午三点多钟。一次抢劫两万多元，对他太有诱惑力了。他应该做了很多前期工作，知道磷肥厂什么时候发薪，谁是管账的，钱又是从什么地方取来，然后埋伏在磷肥厂水磅房下，那是奇奇二姐说野狗叼来一个孩子的头颅所丢弃的地方。小莲爸爸从新合街上的信用社取了钱，刚走到那儿，田敏策突然蹿出来，举着砍刀对着他。他是田敏策抢劫的最后一个人，也是因为抢劫他，田敏策暴露了行踪，被闻声赶来的几十个磷肥厂工人，包括鱼儿爸爸和从册哥哥，拿着钢钎、锤子、扳手和石头，配合五六个拿枪的公安，围堵在格扭大桥上。

田敏策誓不投降，依托桥上栏杆的掩护，开枪射击。枪里的四发子弹刚打出来两发，便被公安的子弹打得浑身都是窟窿，连人带刀和枪一起掉落到格扭桥下的二塘河里。他的尸体和两尺多长的砍刀很快被找到，唯有那把64式手枪永远地失踪了。很长一段时间，茶山村和果花村的男孩子放牛、割草、下河游泳，都喜欢去到桥下草丛中、沙地里，这里刨刨，那里看看。更别说游泳时一定要抱着石头潜水，在淤泥里瞎捞一气，搅得河水都黑油油的，不停往上泛出气泡——这也是妈妈给二姐交代，不让奇奇去桥下玩的原因。在妈妈眼里，枪便意味着危险，何况里面还装着两颗子弹，离得越远越好——奇奇晚上睡觉都要想一遍，若是自己捡到了，是藏起来偷偷玩，还是上交给公安。这个问题困扰了每一个孩子，包括小莲的弟弟小旭。跟奇奇他们一起在桥下寻枪时，小旭比任何人都要积极，都要开心，似乎早已忘记田敏策是他的杀父仇人，自己和姐姐小莲再也见不着爸爸了。爸爸不会再活过来，不会用磷肥厂的滑轮给他们做手推车，更不能再去挣钱给小莲买那种撒着碎花的的确良裙子了。

他们的爸爸叫尹飞，二塘中学的高中毕业生，复读三年没考上大学，一直在家务农。耶耶去粮管所上班后，学校空缺出来的位置便是他补上的。尹飞的数学特别好，是五年级的班主任，也偶尔替音乐老师给奇奇的班级上一节音乐课，教他们电视上正在流行的《弹起我心爱的土琵琶》。跟他学的歌曲，奇奇他们才会愿意在放学以后时不时唱一下。深夜时分，跟五武一起去灌溉稻田时，他们更会放开嗓子大声歌唱。放牛、割草，为水田灌溉，是奇奇和五武每天都要完成的事情。

二十七

每天下午放学回家，不需要任何人交代，二姐背起一个小背篓就赶紧出门，结伴或者独行，去二塘河谷中的麦田里或山上的玉米地里，唱着采猪草的歌曲，不消一会儿工夫，便能把背篓采满。

打猪草，
喂母猪。
母猪下猪崽，
拉到场坝卖，
卖的钱，
爹妈买农具，
哥嫂去耕田，
妹妹一个人，
瞎忙活半天。

奇奇家喂的是一头骟过的公猪，纯种的二塘土猪，皮毛黑得发亮，从沙飞岩的二舅家买来时，一百多斤，喂一年多，长到三四百斤，肥得圆滚滚的，走起路来，被自己的体重累得直哼哼。二姐把采来的猪草砍细，在一口大铁锅里跟土豆一起煮熟，再和上一碗玉米面，请余兰嫂子帮忙抬到屋檐下，散去热气——此过程中，二姐已为一家人准备好晚餐——然后才打开圈门把黑毛猪放出来，看着它"呼噜呼噜"把猪食吃得干干净净，这才放心。哪一天它不肯出圈门，或出了圈门，吃不上几口，自己又跑回去，二姐便知道，它一定是身体不舒服了。过个两三天还是这样病恹恹的，奇奇一家就会揪心不已。他们这么用心地喂它，让它跟自己吃一样的粮食，为的是进入腊月时，在年前把它杀了。顺着它的肋骨，砍成一挂一挂的，用盐腌半个月，再用松枝、青冈树或酥麻秆烧火炕干，连同用它的板油熬制的一坛子油，吃上一整年。

为让黑毛猪，也为让跟黑毛猪关在一起的大花牛少生病，妈妈去山里种地，锄头之外，还会背一个大大的背篓。天黑收工前，妈妈抽空去山林，搂一箩枯叶背回，倒在圈里，让它们的身体保持干燥，也借它们的蹄子，拌上自己的粪便反复踩踏，产出一圈耕种粮食时使用的农家肥。大花牛长着黄毛白斑，右胯上又是一大团黑，因了体重和身高优势，出的力气比猪多，它是跟从册家共有的财产，两家的田地也都靠它来耕种，比较辛苦。为感谢它，也为让它知道自己在这个家庭的地位，每年农历十月初一，牛王诞辰节这一天，奇奇要给它洗澡，喂它纯玉米粥，不让它下地出一分力气。妈妈还要带着二姐和余兰嫂子打糯米粑粑，一边牛角挂上一个，支使奇奇把牛牵到二塘河边，让它以水为镜站一会儿，好好看看自己的牛角上都挂了什么东西，再把它牵回来，当着它的面把糯米粑粑敬供在神龛上。

所有这些，大花牛都看在眼里记在心里，耕田犁地肯下力气，脾气也越来越温顺。每天放学，奇奇打开圈门，它便自己走出来，自动站住，等奇奇骑上去了，再迈开步子慢吞吞走动。奇奇的双腿在它肚子上稍用力夹一下，它便知晓，是要自己走快一点儿了。五武等其他孩子也是，每个人都骑着自家的牛，唱着尹飞老师教的歌曲，一起往河谷或深山里走去。只可惜他们唱来唱去，也就那几首，要不了多久便唱腻了。想要尹飞再教，又永远都不可能了。

二十八

鱼儿爸爸跟尹飞老师从小玩到大，关系特别好，常会从磷肥厂开车到学校找他玩。没跑几趟，他便把尹飞老师带到磷肥厂去，帮自己做财务。不曾想一年多后，他会命丧在一把两尺多长的砍刀之下。田敏策没计划要杀人，只是用砍刀指着尹飞，让他把装钱的黑色皮包交出来。尹飞吓得浑身发抖，脸色苍白，却没忘记要保护好磷肥厂的财物。他把那两万多块钱看得比自己的命还重要，任田敏策怎么抢夺，都死死拽住黑皮包的带子。田敏策依然杀心未起，只是用砍刀割断皮包带子，想走。尹飞又死死抱住田敏策的双腿，不让他走。

"兄弟，你抢去了，我怎么向全厂的工人交代啊？"尹飞哭着说。

田敏策不管这些。

"兄弟，能不能少拿一点儿，"尹飞又说，"那么多工人拿不到工资，还怎么过日子啊？！"

田敏策也不管这些。

"来人啊，抢人了啊！"尹飞带着哭腔，放声大喊。

尹飞在水磅房负责过磅的同事听见他的哭喊，跑出来一看，当下明白过来。他也怕田敏策明晃晃的砍刀，更怕他腰里的枪,于是拔腿顺着马路往坡上跑,跨过水大支线到几百米开外的磷肥厂搬救兵去。眼见尹飞的工友就要围拢过来,怕一时跑不掉,被围攻不说,还会被公安抓回去,田敏策恨从心底起,恶向胆边生,提刀在尹飞背心插了一刀。尹飞随即感到一股热流从背上淌出来,汨汨地一直流到马路上,绕过他贴地的肩膀,从脖颈下流淌到鼻子跟前来。不疼,只一股子腥味,让他感觉到大事不妙。

"救命,"他喊道,"快来救命。"

等人们赶到时,尹飞已无法言语,躺在地上,身体不停抽搐。水磨房离乡医疗所一里多地,人们把胡顺学医生紧急叫来。他一番摸脉、探鼻、查瞳孔,说:"他死了,救不活了。"小莲奶奶根本不信,她儿子是绝对不会死的。昨天尹飞还和她商量,再过几个月怎么给她过九十大寿呢。她让人把儿子背回家去,不让装到棺木里,放在她自己床铺上就行。她给他擦干净血迹,换上一身干净的衣服,轻轻在他耳边说:

"没事的,儿子,没事的,睡上一觉,醒来就好了。"

她把所有赶来的村民,包括绝望的小莲妈妈,赶出自己的卧室,不让围观,不让探视,不让任何人知晓屋里发生的任何事情。

"妈,"小莲妈妈隔着门说,"他要没死,也得送医院啊,你把他放在家里干什么?"

"你管好你自己,"小莲奶奶说,"他是我的血,是我的肉,我知道该怎么做。"末了,又对小莲说,"去,赶紧去,把三公公叫来。"

"让我去?"

"别啰唆了,"她继续交代,"你就告诉他,欠我的人情,到还的时候了。"

小莲奔跑起来,小辫子在风中飞扬着,一口气跑到三公公家路口上,站住,扯开喉咙喊:

"三公公,三公公。"

三公公不理她,当没听到。

"三公公,三公公。"小莲又喊。

三公公还是不理她。

"我奶奶说,"小莲说,"你欠她的人情,是还的时候了。"

三公公推门出来,用了几分钟,才走到小莲的面前。

"你家里出什么事了?"三公公问。

"你爸爸——坏了,坏了。"三公公又说。

不等小莲回答,三公公自己似乎有了答案,跟着小莲去到她的家里。门口站着的一群人,纷纷给三公公让道。三公公目不斜视,也不跟任何人说话,径直走进小莲奶奶的卧室。他回身关上门，跟她在屋里压抑着声音，争论了几句，手里端着小半碗鲜红的血液又走了出来。围观的人带着疑惑，再次闪开一条道，让三公公出去。

"有什么好看的，"三公公说，"各自回家忙活路去。"

"没事了，没事了，"小莲奶奶也跟出来，说，"大家都回去吧，没事了。"

三公公走了，大家又回头看着小莲奶奶。甑子蒸饭时使用的土黄色麻布不知什么时候被她用剪刀剪下双指宽的一条缠在自己左手腕上，仔细看，有一抹淡淡的血红沁了出来。

"妈，"小莲妈妈问，"你的手怎么了。"

"没怎么，"小莲奶奶说，"你怎么那么多事。"

"尹飞呢？"小莲妈妈又问，"他怎么样了？"

"他很好啊，什么事情都没有。"

"真的？"

小莲奶奶懒得理她，更不会回答其他人各种莫名其妙的问题，反倒黑着脸，带着满腔的怨恨，把门前围着的人全部赶走。每一个离开的人心里都难免嘀咕，难道尹飞真的没事？但这个问题是没有答案的，尹飞就这样躺在小莲奶奶的床上，跟小莲奶奶睡在一起，就像他自己又回到了褶褓中的婴儿时期。要说他死了,他确实也死了,毕竟是没有了呼吸的;要说他没死,也说得过去,他就这么直挺挺地躺着,不会说话,更不会走动,身上的皮肉却是红润柔软的。或许是因了小莲奶奶,每天都会从他嘴里,灌进去半碗三公公特别熬制的绿色汁液吧,才能让他的身体,又这么鲜活如初地躺了半年,这才发黑发硬。小莲奶奶也就敞开房门,让人把她的儿子从床上搬进早已准备好的黑色棺材里。

尹飞真正去世那天,小莲奶奶不哭不闹,安安静静坐在一边,看着穿了几层棉布衣服的儿子,周周正正地躺在棺材里,也看着道士先生从起经开始,从容不迫又环环相扣地给他做法事,又看着村里人把他抬到大红山的松树林里埋了。三公公再次现身小莲家里,陪小莲奶奶说了几天话——村里每一个八九十岁上了年纪的人去世之前,三公公都会不请自来,陪着说话。给每一个即将去到那一边的人交代很多玄妙的事情——多半时候,都是三公公说,小莲奶奶听。小莲偷偷蹲在墙角,听得几句。

"你这一去,他们那边就更热闹了。"

小莲奶奶点一下头。

"见到谁,说什么话,交代什么事情,你可记清楚了?"

小莲奶奶又点一下头。

他们就这么絮絮叨叨地说着，只见小莲奶奶坐在火盘边打一个嗝，"呕"的一声，一口气没接上来，也死了。奇奇他们再去麦田坝子上玩过家家游戏时，按照二姐的安排，他还跟小莲是一对。单独相处时，奇奇问小莲：

"你爸爸到底死还是没死哦？"

"我也不知道，反正我奶奶说他没死，不然怎么还能喝汤呢。"小莲说。

"按奶奶的意思，她是用自己的命，续爸爸的命呢，所以爸爸真的死了，奶奶也跟着走了。"小莲继续说。

"这样也可以？"

"别人不行，三公公就可以。"

看来有时候，小莲奶奶给奇奇他们摆的龙门阵，是真的。她说她听三公公讲，人死亡的过程，是灵魂从身体里分离出来，先飘到奈何桥那一头等着，隔着奈何桥，把人的气血一点儿一点儿吸走。人的身体会越来越轻，越来越轻，直到最后一点儿气血也被吸走，人的阳寿也就尽了。灵魂呢，从无形到有形，在奈何桥那一头，凝聚成另一个自己，开始了过阴寿的日子。换句话说，人是永远不会死的。世道轮回嘛，说不定过几年一投胎转世，跟原来的家人又变成亲人。有的人会变成孤魂，永世不得进入轮回，要么是在世上时作恶多端,上天罚的,要么是阴阳转换过程受到干扰阻隔,没有完成。反正,这一繁复的转换过程会被各种因素诱发各种问题。这些问题,有的三公公能协助解决,有的他也束手无策,或者说跟他完全无关,想管也管不了。

二十九

奇奇他们的薛堡堡老师出了事情后,他老婆谢水花哭着去找过三公公。

"三公公,"她说,"你一定要救救我家薛堡堡呀。"

"他不是还没死吗?"三公公说。

"也快了,就一口气吊着了。"

"不是一码事呢,"三公公说,"我又不是医生。"

面对谢水花的眼泪,三公公也只能发出一声长长的叹息,不知叹的是自己的无能为力,还是薛堡堡这悲哀的人生。薛堡堡老老实实跟老婆过日子时,村里人说他,你无儿无女的,活着真没意思,还到处去挣钱,为谁辛苦为谁甜啊。他在外面作孽,弄来一个孩子,村里人又说他,你这人,不地道,不厚道,怎么能干出这样的事情来。等他躺在家里，没有意识，说不了话，连动也不能动时，村里人又说，这样活着，还不如死了，太受罪了。

事情曝出来，老婆谢水花骂得太凶，薛堡堡无理还嘴，脸上被她吐了口水，也要忍着，自己擦去。她是不可能再给自己生下一儿半女的，水城县人民医院的医生已经断定，她的身体就没这个功能。谢水花发火，骂人，吐口水，砍门槛，找老岳父来抽他的耳刮子，怎么都行，可气消了，还是得让那个女孩继续留在家里，以后给他也给她养老送终呢。本就好酒贪杯的他，把酒精的作用发挥到了极致，能出门躲就绝不回家，一定要回，手里提着一瓶在新合街上打的苞谷酒，自己炒两个菜，边吃边喝，一醉了事。耳不听，心不烦，倒头大睡。只是没料到，持续几天的降雨后，二塘河发生了十年难遇的大洪水。

前两天，河水便溢出河道，漫进河谷中的玉米地里，还爬上了水磅房和薛堡堡家水泥平房所共用的堡坎一两尺高，从他们家窗户下，像往常一样，继续"哗哗哗"地把二塘河谷流淌成一片汪洋。雨势渐弱，大家都以为再过一两天洪水便会退去，又可以提着锄头，下地扶起倒伏的玉米，恢复正常的日子。不曾想入夜后，上游的木冲沟、大湾和小湾又持续下了几个小时的大暴雨。二塘河继续上涨，刮走上一次泛滥留下的淤泥，冲毁所有庄稼，还从只装了四根铁条的窗户翻进薛堡堡的家里。

谢水花睡在另一个房间,半夜听见水响,爬起来,手拉灯绳,没电,点燃火柴一看,水已与床齐平,她的鞋子、衣服和锅碗瓢盆,都在水里漂着。还有一条青色的大鱼,大张着嘴,游到她的床底去。谢水花穿好衣服,没理那条鱼,也不管薛堡堡,淋着雨一路跑回新合村地势高一点儿的娘家去了。

"薛堡堡呢?"老父亲问她。

"还在家里。"

"你跑出来了,他呢?"

"他自己有腿啊,难道要我背。"话这么说,可谢水花心里想的是,如果杀人不偿命的话,她早就把他给杀了。这下正好,让天去收拾。

"他昨晚是不是又喝醉了?"

"好像是。"

"你看着他起来了?"

"没有。"

"菩萨,天!"谢水花老妈说。

"人命关天啊,姑娘,"老父亲说,"你气归气。"

老岳父急忙从家里赶来,想叫醒醉得一塌糊涂的薛堡堡。薛堡堡趴在床上,因溺水陷入深度昏迷,已经不省人事。几个舅子连夜把他送到水城县人民医院，为他捡回一条命，可他已严重脑瘫，不能动弹，无法言语。此后的日子还躺在那张床上，靠谢水花带着那个小女孩一日三餐喂流食维持生命。她俩还相互配合，一天早中晚三次给他翻转身子。谢水花阴沉着脸，一边翻一边骂，骂自己，骂薛堡堡，也骂她家窗户下的二塘河。它的一次泛滥，便改变了她一家人的命运，还在高出她家窗户几厘米的砖墙上，留下一道永不磨灭的印子。

三十

大半年过去，奇奇和二姐经过时，还能在水磨房及谢水花家的墙面上，看到一条等高的土黄色水线。但奇奇更感兴趣的是，二塘河的流水怎么被神奇转化成水磨的。水磨房在丁字路口上，横着的是202省道，竖着的便是过磅员跑着去叫磷肥厂的同事前来解救尹飞老师的那条马路。路基下，磅房底层的房门开着，几个人拿着扳手和钳子，正在检修一台嗡嗡作响的设备。二姐不让奇奇沿着水泥台阶下去，哪怕是站在门边探究一番。她说："耶耶的病情怎么样我们都不知道，不能在路上再磨蹭了。"徐文老师去二塘卖草药，顺道去看望耶耶，回来给伍邵红和其他老师说，耶耶的病情有点严重，千万不能大意。从册哥哥过两天就去医院看一次，给二姐和奇奇说，耶耶还像以前那样，疼着疼着就好了，没什么事情的。具体怎么样，谁说的才对，奇奇和二姐根本不知道。两人沿着那条马路，往上走一两百米，上到水大支线上，走过磷肥厂门前，再沿着水大支线穿过新合村，朝着余家湾子方向走去。越往前，奇奇的心跳得越快，甚至有些害怕。

二塘河下游，放牛、割草、下河洗澡，村里的孩子最远只到下藤桥村。再往前，人烟稀少，较为荒凉，近乎探险。猴场集市附近、二塘河对面的斜坡顶端，一道高耸入云的悬崖底部，坚硬的石壁上开着一个一丈见方的口子，口子名曰：穿洞。此洞不往山里钻，它向下延伸，奔地心而去。捡多大的石头往洞里丢，等多长时间，都听不见落地的声响。一年四季，洞口烟云笼罩，还呼呼冒着寒气，人畜都不敢接近，也不能接近——寒气太凉，受冻者，轻则大病一场，重则大病一场后丢了性命。天不怕地不怕，一定要往里面闯的，刚到洞口，洞顶会飞下一把带着啸叫声的白森森的宝剑，"咻"地一下穿心而过，了结你的性命。没有懂得路数的大人带着，给一百个胆，村里的孩子们也不去。

二塘河上游，放牛、割草、下河洗澡，村里的孩子，一般只会到余家湾子。再往上，太复杂了，是另一个世界。地理上，往上就进入了六盘水市的水城县钟山区，沿途还会经过围墙耸立的钢铁厂、冶金厂和火电厂，这些厂矿都是三线建设时期建立的。围墙内的人都来自全国各地。除了购买农产品，他们几乎不会与本地人发生关系。每次从这些厂矿边走过，身处这些面皮白净、说普通话的人群中，奇奇都会有一种闯荡江湖的感觉。耶耶本有机会变成他们这种人的，可第二次入院干田坝后，他曾经兴冲冲告诉妈妈、二姐和奇奇，自己还开心得喝酒庆贺的红头文件并没有宣布，粮管所反倒把他给辞退了。这都是他身体里的病给闹的。入住二塘医院这次，耶耶要是听医生的话就不至于变成后来那个样子。

三十一

奇奇和二姐赶到时，妈妈站在阴冷的医院走廊里跟一个穿白大褂的男医生小声议论着什么。两人走近，她都不理，只用眼神示意他俩先去耶耶的病房看看。病房里只耶耶一个人，他躺在白色的床单上，若有所思又百无聊赖地抽着纸烟,是伯伯口袋里那种两元一包的合作牌。离开茶山小学去到粮管所上班,他就不再带着短小的乌木烟杆及旱烟叶子出门了,从海南回来后,甚至连旱烟也不抽了。

"耶耶,"二姐说,"你好了没有?"

"好了,"耶耶坐起来,说,"我哪里都不疼了。"

"你们的作业都写完了?"耶耶问。

"没有。"二姐说。

"我也没有。"奇奇说。

"要好好学习,"耶耶说,"我们不在家,你们要自己管好自己。"

"晓得了。"二姐说。

"晓得了。"奇奇也说。

"你们吃过饭了?"妈妈进来问。

"没有。"二姐说。

"那就赶快回去,"妈妈说,"回家自己做了吃。"

"一起回吧,"耶耶说,"我哪里都不疼了,还躺在医院做什么?"

"不疼,不等于没病,"妈妈说,"医生刚才讲,得做个小手术。"

"做手术?"耶耶不敢相信自己的耳朵,说,"要多少钱?"

"一两千。"妈妈说,"医生是这么说的。"

"骗鬼还差不多,我好模好样的,要做什么手术?有这个钱,不如拿给两个娃娃买粑粑吃了。"

"医生说的,"妈妈说,"不是我说的。"

"他说的,你就信啊?"耶耶说,"就不能来医院,没病都能给你整出病来。还两千块,我给他两大脚差不多。"

"那你去啊,"妈妈笑了,"医生就在他的办公室里。"

"你赶紧的,"耶耶说,"去办出院手续,回家。真有什么问题,自己抓点草药吃,慢慢调理,自然会好。"

妈妈听了耶耶的,真去办出院手续了。她一走,有一只黢黑的乌鸦"嘎嘎"叫着,从外面攀枝树上飞到病房窗台上来,眼睛滴溜溜转着,看耶耶,又看看二姐和奇奇。奇奇朝它走过去,它大着胆子,扑闪几下翅膀,这才跌落窗台下,又振翅飞回不远处的攀枝树上。奇奇趴在窗台上四下看,医院在区公所背后的山坳里,被几块阶梯形的苞谷地以及几十棵需两人才能合围的攀枝树包围着。院坝里、楼梯间、走廊上,都掉得有攀枝树枯黄的叶子。太阳明晃晃的,从枝丫间透过一道道金光来,四下看着,明暗变幻间,整个医院更是阴森森的。奇奇回身,又走到耶耶

过江草 | 123

的病床边，跟二姐并排站着。那只乌鸦又"嘎嘎"叫着，飞到窗台上来。奇奇拿出随身携带的弹弓和石子，想打，耶耶却不让。

"乌鸦是清洁使者，"耶耶说，"是不能打的。"

"所有鸟儿都是不能打的，大小都是命嘛。"耶耶接着说。

"我一看到你们带着弹弓，有的还用火药枪，这里打打，那里打打，就来气。我教书的时候是不准学生带着弹弓来学校的。"耶耶又说。

"不信，你问二姐。"耶耶还说。

"哪来的乌鸦啊？"

妈妈回来了，吃惊地说着话，挥一下手。乌鸦飞走，再也不来了。耶耶起身下床，走在前面，妈妈跟着他，奇奇和二姐又跟着他俩，一路饿着肚子走回家去。此后的时间，耶耶继续在粮管所上班，没有吃药，胡顺学的西药、徐文的中药，都没吃，根本不把自己的身体当回事。病情这才突然加重，让他从火急火燎的疼痛，变成一口口地吐血。入住干田坝医院花了更多的钱，做了手术，问题依然没有得到解决。大半年后，这才送到水城县人民医院的。此过程中，他失去的，只是工作，而整个家庭失去的，有的东西数得着，有的数不着，还有更多看不见摸不着的东西,也跟着失去了。

三十二

某一天下午放学,远远听见院坝里黑毛猪在嘶声叫唤。离过年杀年猪的日子还早着呢,难道是它病了,治不好,得在死前赶紧宰了?奇奇带着五武、小莲,跟在二姐后面,撒腿屁颠颠跑回来。看到院坝里停着一辆锈迹斑斑的红星手扶拖拉机,黑毛猪已被拇指粗的麻绳捆绑起来,抬到车兜里,绳子依然没解开,把它黑黝黝的肚子勒出一条条肉槽来。一个从猴场街上来的程姓屠夫,腰里系着带有血污的围裙,正一五一十地给妈妈数钱呢。他数一遍,对数了,又交给妈妈,让她自己再数一遍,也对数了,拖拉机才突突发动,开走了。

今天起,二姐不用再采猪草了。

又过好几个月,奇奇回家兴冲冲放下书包,打开圈门,大花牛也不见了,卖了多少钱,不知道。妈妈和耶耶都不在家,余兰嫂子说,还是那个程姓屠夫买去的,他们家那份钱,暂不要,也让妈妈一起装着,解决耶耶的吃药打针问题。猪没有了,牛没有了,空有一圈猪粪和牛粪。

奇奇站在圈门边，出会儿神，拔腿往村头跑去。

"你去哪里啊，"余兰抱着小果，在屋檐下喊，"奇奇？"

"我要把大花牛追回来。"

"人家早就走了，还是开拖拉机来的，"余兰说，"猴场那么远，你怎么追啊。"

奇奇还是跑，跑到村头的悬崖上，这才缓过劲来。心里也想明白了，自己不该追拖拉机，也追不上拖拉机。这才开始往回走，蹲在村头的悬崖上，双手捂住面孔，流下泪来。

"你怎么了，奇奇？"余兰嫂子跟着来了，站在他的身后，轻抚着他的脖颈。

"你是舍不得大花牛了，我知道。"她说。

"你天天放，天天骑，天天给它割草，没有人比你更舍不得了。"她继续说。

"你耶耶要去水城人民医院住院，需要用钱，你知道的。那里的医疗条件最好了，等他治好病，还会挣钱给你买一头大花牛的。别哭了。"

奇奇还是忍不住自己的眼泪，他的哭泣没有声音，只有眼泪。余兰嫂子也蹲下来，在他的眉眼间抹了一把，又说：

"你下河游泳去吧,在水里泡泡就好了。我先回去做饭,你游一下就回来,好不好?"

相比大花牛,耶耶才是最重要的,这个道理很朴素,也很好懂。奇奇抬起头,看着余兰嫂子点一下头。奇奇和二姐都很听余兰嫂子的话,妈妈陪耶耶住院,或带着耶耶四处寻医问药时,都是从册和余兰嫂子带着他们。没有了黑毛猪,不用再采猪草的二姐,放学后依然时不时背着她的小背箩去到山上,不知道干些什么。没有了大花牛的奇奇,一整个夏日的午后什么家务也不用做,剩下的只有游泳了。看到别人在放牛,他依然会心疼,可河水温凉又厚重的包围感,也能让他抑郁难平的心绪渐渐平复。

三十三

一月中总有那么几次,村里一帮年纪相仿,又不用放牛的男孩子,赤条条欢叫着在河里游一阵子后,会跟着四五个大他们三四岁、可以充当保护人的哥哥,光着身子,滚着一个巨大的五菱拖拉机前轮胎,爬上与河道并行的202省道,途径修配厂、水磅房,又穿过新合村,往河流的上游走去。充足气的黑色轮胎比他们腰身还粗,也比他们个头还高。太阳暴晒下，轮胎沿着满是沙砾的路面滚动时，里面会发出嗡嗡的声音，似乎随时会爆炸一般。他们紧跟着它快速奔跑，穿过河谷的风，也灼热地从他们两腿间呼呼吹过。

沿途居住的人家，老年的妇女会看着他们，捂住嘴笑，未婚女孩或年轻小媳妇也会捂住嘴笑，一边把头快速扭过去。恼怒的男人们则会指着他们气咻咻地说："怎么不穿裤子啊，你们？"认不认识的，他们都用手指划着脸，吐着舌头，反过来羞他。男人又会弯腰，从地上捡一块石头，不真扔，捏在手里吓唬他们。他们也会给他点面子，假装被吓到，脚不点地地跑起来。大家一口气跑到余家湾子铁路桥下，从那儿穿过一片麦田，下到二塘河里。

河流曲里拐弯，一会儿拐进二塘区，一会儿又拐进钟山区。河岸上的过江草是最为茂盛的，长长的藤蔓从水中爬出来，柔软的身子抓泥沙、攀草木，翻过高低错落的河坎。有的倒垂下来，撩着河水，掩藏鱼虾，更多的过江草向着麦田的腹地，顽强地蔓延挺近，布一张绿网，一路护送二塘河流经一座座山头，汇聚一条条大大小小的支流，在一片片绿油油的稻田或金黄的麦田间穿行，也经过一座座各民族的村庄。每座村庄都有一群跟他们一般大小的孩子，在自己专属的水域光着身子游泳、打闹。

经过这样的地方，他们会听从大哥哥的吩咐，全部骑到轮胎上，带着警惕又矜持的神情无声地滑过。大家不惹事，不生事，像一群河流生养的孩子，从遥远的地方漂来，又要漂到遥远的地方去，从不上岸。到无人的水域，他们放任轮胎随水漂流，一帮孩子跟在后面游泳比赛，看谁率先抓到并爬到轮胎上去。游经垂柳成荫的地方，他们又才安静下来，站在水里，一手抓住轮胎，心突突跳着，看一群也跟他们年纪相仿的女孩游泳。女孩们躲藏在树荫里，全用红头绳扎着小辫，穿着紧紧裹在身上的花衣服，只露出细长的白脖子，手脚并用着，在浅水区域叽呱叫着一阵乱刨，刨得水里的黄泥浆子都泛起来。总会有一两个伙伴偷偷潜入水底，游过去，轻轻捏女孩的脚脖子。她们哇哇乱叫着，不管被捏的是不是自己，一起捞着水里光滑的鹅卵石，嘴里骂着脏话，对着他们狂轰滥炸。躲避不及的，少不得背上青紫，头上起包，不过再疼也不叫唤，不乱跑。只会潜到水底，趁乱在女孩腿上胡乱捞上一把，飞快游到深水区域逃走。

村里的女孩喜欢躲藏在水磅房下面一片柳树荫下游泳，她们熟知男孩们的套路，见到他们追赶着轮胎随水而来，会赶紧回到岸边，聚在一起，蹲在水中，只露出一个个黑乎乎的脑袋，警惕地看着他们。熟悉且胆子大的，也会手指他们，大声呵斥，让他们赶紧滚开。今天却有些例外，男孩们漂下来时，水里还有一个跟大哥哥们年纪相仿的女孩，穿着一身土黄色的薄T恤，依然在水里，如入无人之境，开开心心地笑着，在水里以狗刨式胡乱扑腾。奇奇不认识她，似乎没见过。村里的女孩挥着手，招呼她赶紧出来。她一时没听到，再叫，她才说：

"你们要走了？你们是不是不游了？"

"不是，"一个女孩回答她，"等这些男生过去，我们再游。"

"他们游他们的，"女孩不明就里地说，"我们游我们的，怕什么？"

"这个女孩哪里来的，一点儿都不把我们放在眼里哦。"一个男孩说。

"管她哪里来的，奇奇，你去，"一个大哥哥对奇奇说，"游过去抓她的脚，让她见识见识我们的厉害。"大哥哥叫乾峰，家里开小煤窑的，属于私采，矿井虽已被政府关停，还罚了款，可他们家早赚了不少的钱。村里除了鱼儿家，就他们家最有钱了。

"我不去。"奇奇说。

"你怕什么？"

"怕她骂我。"

"男孩子让女孩子骂几句，又怎么了？"

"我不去。"

"你没在水里抓过女孩？"

"没抓过。"

"那更要去试试了。"

"我不去。"奇奇说，"你让别人去。"

"你看你，一头的长发，她还以为你也是女的呢，不会骂你的。"

"我不去。"奇奇还是这句话。

"你敢去抓她，我等一下就带你去打鸟。"

"用什么打？"

"火药枪。"

"骗人的，你又没火药枪。"

"我跟蝌蚪借的，放在岸上了，我用衣服压着的。"乾峰说。他跟科科关系好，这是大家都知道的。

"我们从果花村那条小溪一直打到曹家沟，从后山回来可以打上百只，一锅炖了，够十几个人吃。"他继续说。

"我要去。"这个孩子说。

"我也要去。"那个孩子说。

奇奇犹豫了，跟大一点儿的哥哥们一起用火药枪打鸟，美美地吃一顿鸟肉，是他的梦想，也是他一直想经历的事情。他们把黑色的火药和铁砂倒进枪管，用一根铁钎在枪管里戳啊戳的，然后对准树上的鸟儿一扣扳机，"轰"的一声，火光冲天中，鸟儿哗啦啦掉下来十几只。多是画眉，它们歌声婉转，犹如天籁，脑袋上的黑色羽毛倒刺一样长着，常常四五十只群聚在一起。铁砂飞溅后，画眉轻则血肉模糊，重则粉身碎骨。带回家，脱毛剖开，放在锅里炖前还得把肉里的铁砂一颗颗挑出来。奇奇憧憬用枪打鸟的惊险刺激，也嘴馋画眉鸟的美味肉汤，或者说，他更想通过与大一点儿的哥哥们一起经历一些事情，以便更好地融入他们的群体、他们的生活，也让自己看起来像个大人。他这个年纪的男孩，只会用弹弓打麻雀，还打竹林中一种拇指大小的粉红色鸟儿，没什么肉，也不好吃，打了就丢，图的是一时的快活。

"你说真的？"奇奇问。

"骗你干什么？"乾峰说，"我都能带他们去，为什么就不能带你去？"

"为什么你不让他们抓？"

"他们都抓过的，"乾峰说，"我是给你机会，让你体验一下在水里抓女孩的脚是什么感觉。"

奇奇答应了。几个身子比他高的哥哥站在前面挡着，奇奇从他们的身后悄无声息潜入水底，对着那个女孩拨动水花的地方游过去。她的脚脖子白白的，在水里时隐时现，像一条鱼，奇奇抓了几次才抓着，滑滑的，也像一条鱼。女孩突然跳一下，胡乱蹬踢起来，泥沙石子一起在水里翻卷。奇奇赶紧抽身游开一丈多远，从另一个地方冒出水面。吓得六神无主的女孩站在水里想哭未哭，白净的脸上一副窘样。男孩子们却很兴奋，其中一个指着她，嬉皮笑脸地说：

"看到了，看到了。"

看到了什么呢？女孩薄薄的T恤衫紧贴在身上，她的胸前凸出来两颗核桃大小的东西。站在岸边的女孩指了指她的胸，女孩这才反应过来这些男孩都干了些什么。她立刻半蹲在水中，捂住脸，终于哭了起来。

"不要脸。"

"不要脸。"

岸边的女孩捡起水里的石头开始攻击奇奇，也攻击其他男孩，男孩们又追逐着轮胎，朝着村口的悬崖下游去。河水淘走泥土，崖下露出一段一米多高、表面光滑的灰褐色石头台阶。为抄近路，村里游泳的男孩都从一条茅草小路连爬带滑从那儿下到河里。本以为乾峰会从那儿上岸，穿上衣服，提着火药枪，带着大家踏上打鸟历程。可他笑呵呵的，骑着大轮胎，从石头台阶边一滑而过，又朝下游果花村的那个漩潭游去。科科与其他大哥哥正在漩潭对面的河坝里打扑克，喝啤酒。他说时间还早，要先去与科科会合。奇奇不知道，被他抓脚脖子的女孩，便是大水井边罗小举消失多年的女儿。她一回罗小举身边，几个堂姐妹便带她到河里游泳了。不知哪一个男孩为讨好科科，告诉他，奇奇在水里抓了他妹妹的脚脖子，科科才会在漩潭里救奇奇一命，又抽他的耳刮子，自然也不会像乾峰说的那样，带他去打画眉鸟了。

三十四

这事发生于奇奇和鱼儿在打谷场打架之前，不然科科就不会是抽奇奇两个耳光那么简单了。那一日，奇奇没在鱼塘边捡到鱼，妈妈和耶耶也没在那一天从水城县赶回来，家里只有二姐一个人。奇奇还没到家，鱼儿奶奶便已带着鱼儿找上门去。二姐应付不来，向余兰嫂子求救，余兰把鱼儿奶奶请到自己家里，一个劲地给她赔不是。

"我二耶病情严重，二孃带去水城看了，估计还得半把个月才能回来。"余兰嫂子说。

"二孃把他们两个交代给我,让我看管照顾,我自己又有两个娃娃要顾,一时忙不过来,让他到处乱跑,还打了你家鱼儿,实在对不住了,孃孃。"

"大嫂,"鱼儿奶奶以鱼儿的口气叫着余兰说,"娃娃打架,常有的事,但不能用石头打啊。我家鱼儿也可怜得很,小的(di)的(di)的(de),就没妈妈了,这你是知道的。"

"是的,"余兰说,"怎么能用石头打呢——给我看看,鱼儿,打哪儿了?"

"皮都打破了,你看。"

鱼儿奶奶把鱼儿推到余兰跟前,指着他耳朵边的血印子。正说着,奇奇回来了,二姐从余兰嫂子家的窗户里瞅见,赶紧跑出来,把他拖进去。

"看你干的好事,闯祸了吧。"二姐说。

鱼儿笑起来,觉得有奇奇的好戏看了。

鱼儿奶奶恶狠狠瞅奇奇一眼,看着余兰嫂子,不说话。

"你怎么能用石头打鱼儿呢?"余兰嫂子作势,拍了奇奇屁股一下。

"他也打我了啊。"奇奇说。

"他拿什么打你了?"

"拳头,还用脚踢,他还有几个帮手呢。"

"那也不能用石头打,真把头打破了,怎么办,打到眼睛,打瞎了,怎么办?"

"我——我——"

"别我了,"余兰说,"赶紧给奶奶和鱼儿说对不起。"

"我不要他说对不起!"鱼儿说。

"鱼儿,"余兰说,"你想怎么样呢?"

"我要他书包里的海螺,"鱼儿说,"他把海螺送我,我就原谅他,继续跟他做朋友。"

"我不给。"奇奇说。

"你把海螺给我,我还可以送你十个柿花,二十个也行。"他们家屋檐下,有全村唯一的柿花树,碗口那么粗。每年十月前后,树叶掉尽,满树都挂着一个个红色的小灯笼。全村孩子只能远看,也把眼睛瞪得像两个小灯笼。谁也别想走近他们家的柿花树,鱼儿奶奶提着一根长竹竿,坐在树下守着的。晚上,她都起来巡查几次,把掉落地上的全捡起来。快要成熟了,鱼儿爸爸也会回来,帮着把柿花采摘干净,埋在谷糠里,一家人慢慢吃,或者送给需要送的人。奇奇上一次吃到,还是耶耶刚去粮管所工作那一年,晚上去鱼儿家办事,鱼儿爸爸送给他的。

"我不给,"柿花很诱人,奇奇还是说,"我耶耶只有这么一个,给了你,我就没有了。"

"鱼儿,"二姐说,"我把我的贝壳送给你,很漂亮的。"

"我不要,"鱼儿说,"它又听不见大海的声音,晚上,也不能把人漂到海上去。"

"漂到海上去?"鱼儿奶奶说,"什么把人漂到海上去。"

"他书包里的海螺,能从里面听到大海的声音,"鱼儿说,"晚上听,还能把人漂到海上去。"

"太危险了,"鱼儿奶奶说,"我们不要这个。"

反正,奇奇是不会把海螺送给鱼儿的。他一直低头不言,装出一副十分害怕、十分可怜的样子。先前,余兰嫂子那些话也都说到了鱼儿奶奶心里去,她叹着气,拉着鱼儿走了。本以为事情就这么过去了,哪知第二天傍晚,奇奇和一帮孩子光着身子站在河坝里,饶有趣味地看着一股风突然从村头的悬崖上窜下来,在河面上越来越快地转着圈子。河水开始跟着旋转并泛起泡沫,跟着风儿,下粗上细地逆流到天上。不一会儿,河水又变成雨,哗啦啦洒在河面上。河里的人们一个个目瞪口呆,先是害怕,后又觉得神奇,心突突地跳个不停。突然,"咚"地一下,奇奇的屁股挨了一脚，以为什么东西刚才从风里蹿出来，撞到自己了，大惊失色回头看，是鱼儿的哥哥——科科。他穿着条黑色的裤衩子，叉着腰，恶狠狠站在奇奇身后。

"小奇奇，"他说，"你是不是用石头打我家鱼儿了？"

"我不是故意的。"奇奇回过神来说。

"不是故意的？"科科又在奇奇屁股上使劲踢一脚。

"我不是故意的。"奇奇又说。

"你是说，石头会自己飞到你手里，又从你手里飞到鱼儿的脑袋上？"科科说着，继续踢奇奇屁股。

"我真不是故意的，"奇奇说，"科科哥哥。"

"我不是给你说，要你小心点儿的吗？抓了我妹妹的脚，又用石头打我家鱼儿，找死是不是？"

科科被自己描述的事情气到了，更加用力踢奇奇屁股。奇奇借势倒在地上，给他一个台阶下，科科依然气不打一处来，抬腿又在奇奇脊背上踢了一脚。屁股上肉多，不怎么疼，踢背上后，"咚"的一声响过，奇奇的五脏六腑都在胸腔里翻了个跟斗。奇奇这才感觉到，一股力道从科科的脚板，带着巨大的压迫感和疼痛感，在自己的全身跟着血液飞快流动。奇奇抬起胳膊，抹一下眼睛，还是那句话：

"我真不是故意的,科科哥哥。"

"这回,你该长点记性了。"科科又用指头戳一下奇奇脑门,骂骂咧咧地走了。

应是鱼儿回家把两人打架的事情告诉科科,继而,他又告诉了爸爸。没过几天,鱼儿爸爸开着"反帮皮鞋"回村,在果花村那条小溪边遇到正跟五武一起去铁路边放牛的奇奇。他停下车,摇下车窗,嘴里吹着烟气,一本正经地说:

"小奇奇,你跟鱼儿要玩就好好玩,两个别打来打去的。他打到你不好,你打到他也不好。听到没?"

鱼儿爸爸从未在路上停车跟奇奇说过话,突如其来地整这么一下,奇奇一下没反应过来,看着他满嘴的胡茬,不说话。

"你耶耶还没回来?"鱼儿爸爸问。

"没有。"奇奇说。

"你妈也不在家?"

"没在。"

鱼儿爸爸没再问其他的,也没再交代别的事情,踩油门走了。奇奇的眼睛顺着"鞋帮子"滑到后视镜,看到他一边开车一边拿眼睛白白地瞪自己,好像他一早知道,奇奇的眼睛一定会跟他的眼睛在后视镜里相遇。跟人打架或受人欺负的事，回到家里，奇奇从来不说。二姐太小，解决不了奇奇的问题。大人嘛，光看着他们的眼神奇奇便知道，让他们知道也是没有任何意义的。大人有大人的想法，大人有大人的问题需要处理，当他们自己都麻烦不断时，小孩子是不能给他们添乱的。奇奇家的问题和麻烦的根源，便是耶耶的病。

三十五

耶耶前后在干田坝住了一个月的院，出院回家并非病已治好，是他们家已经没钱让他继续住院了。卖了黑毛猪，西药、中药先确保不断，时不时妈妈还得陪他回干田坝医院打一针。耶耶的病继续拖着，还丢了工作，让他郁闷不已，跟谁也不想说话，对以前的同事、朋友也拒绝见面。耶耶出院回家，三四个月都不愿出门，连外面屋檐下都不去坐一下，跟家门前马路上来来往往的村里人打声招呼。

耶耶成天躺在卧室床上，疼得"哎哟——哎哟——"地喊。舒服点儿了，自己起身坐到火盘边来。他又找出原来的乌木烟杆，抽上旱烟，"吧嗒吧嗒"吸着，不时往火炉灰箱里一口口吐带淡黄色烟气的痰。每一口痰，都能把炭灰击打出一个小坑，往里塌陷，自己把自己埋了。一场病完全改变了耶耶的命运，他还没法说服自己去面对、去接受，时间一长，沉默又郁结成焦虑，让他整日整夜不睡觉。徐文老师在给耶耶治腹痛的药方里又加入了百部、百合、天冬和桑白皮，各五十克。吃了一阵，不顶事。妈妈又去找胡顺学，开苯巴比妥片，先前一次开四五颗，后来一盒一盒地拿。等耶耶从吃一颗就能入眠到吃四颗都睡不着时，他的病就更严重了，还出现了幻觉。一个人躺在床上跟活着的人、跟死去的人聊天，或者说，他是在骂人。有缘由要骂，无缘由也要骂。村里的活人和死人都被耶耶骂了一遍又一遍。初初总还有几个人想着要来家里看看他，开口一骂，请也不敢来了。

妈妈分身乏术，是料理完外公的事，经得从册同意，才回头把大花牛卖了，送耶耶去水城县人民医院治疗的。

三十六

外公还是那么爱喝酒。不管耶耶病不病，耶耶和妈妈在不在家，他时不时都会来奇奇家住几天。奇奇和二姐吃什么,他便跟着吃什么。他俩是没有一分钱给外公的,外公住一阵,觉得没趣,又悄无声息地走了。有一次,奇奇正帮他洗衣服,二姐、从册和余兰嫂子都在旁边看着。

"奇奇,你再不剪长毛,我都等不起了。"外公突然对奇奇说。

"时间还没到呢。"奇奇说。

"什么时间没到?"

"我得满十二岁,才能剪,"奇奇说,"我干爹说的,你又不是不知道。"

"他早就死得骨头渣渣都不见了,还管这个。"

"我耶耶和妈妈也是这么说的。"

"你再不剪,我等不起你了。"

"反正现在不剪,你有事先回去,剪的时候,我们去叫你。"

"去哪里叫,"外公说,"我说不定都像你干爹那样,死得骨头渣渣都不见了。"

"你哪里疼,"奇奇问,"外公?"

"你得问我哪里不疼,"外公在身上胡乱指点着,说,"这里,这里,这里,哎呀,我哪里都疼。"

"你的两千块抚慰金还没拿到,你就想死了?"

"人一生病,身不由己嘛。"外公说。

抚慰金，说的是革命烈士家属补助金。外公有时出山，便是去区公所要这个钱。给耶耶治病的胡顺学和徐文老师，也给外公治，耶耶吃的有些药，外公也能吃。在妈妈精心照顾下，外公的气色慢慢红润起来，腿脚有了力气，二舅就来奇奇家把他接回去。要不了多久，外公又开始酗酒，从此变得神志不清，直至疯了。疯了不说，还经常折腾得一家子人不得安生。有一次，一个村里人跑到奇奇家，对妈妈说：

"你爹来你家，在曹家沟那儿走不动了。"

奇奇一家都吓一跳。天已落黑，曹家沟离奇奇家还有三公里的山路。妈妈叫上从册及几个邻居，带上手电筒，从背后地的羊肠小路去到山里，找着躺在草丛中被一条手腕粗的大蛇缠着腰杆呼呼大睡的外公，把他一路背回来。外公的脚已经肿了，放在地上寸步难行。从沙飞岩家里到曹家沟这一路，他是挑着一个蛇皮袋蹒跚着来的。妈妈打开看，竟是一块熏得黑漆漆的老腊肉。

"带肉干什么？"妈妈问。

"这是我去水城当背箩的路费。"

外公的神志便是这个时候出问题的。如此折腾，自己都不知道自己是在做些什么。妈妈把外公带来的老腊肉做给他吃了，给他养身体。外公的腿脚刚好一点儿，便急着去找他带来的蛇皮袋，打开来看，肉不见了。外公又哭又闹，让妈妈给他一点粮食。

"拿粮食做什么？"妈妈问。

"这是我去水城当背篓的路费。"他还是那句话。

妈妈从口袋里掏出手绢，打开来，拿了一张二十元的钱给他。

"这是毛主席啊！"外公拿了钱，看看后说。

他拿了钱，往外面走，执意要去水城当背篓。二舅将计就计，引他到202省道边，拦了中巴车跟他一起坐上去，告诉他，送他去水城，实际直接把他带回到沙飞岩的家里。那是外公第一次坐车回家，这一回，至死都没再走出来。回家后，外公的病情很快加重，连自己的儿子、儿媳妇都不认得。妈妈买了药，带上奇奇坐车去看他，发现他迷迷糊糊的，只知道喝酒，谁不让他喝，他便用竹竿打人。到了他们家里，外公一个人在廊檐下坐着，原本瘦小的身子往里缩一圈，看着像个发育不良的小孩子。

"外公。"奇奇走过去叫他。

"外公？谁是你外公？"外公挠一下花白的山羊胡子，瞅奇奇一眼，眼角还夹着白白的眼屎。

二舅母端来一杯茶水，给外公喝。

"这哪里是酒啊。"

外公喝一口，咂巴着嘴，说着人跳起来，抢起一根大竹竿劈头盖脸向二舅母打去。妈妈赶忙拦住，二舅母捂着头不说话，光哭。她一哭，妈妈也跟着流泪。妈妈和奇奇不能久留，放下带去的东西，吃过午饭，又坐车返回家里。过三四天，夜里两三点，有人"咚咚咚"敲奇奇家房门。

"哪个？"妈妈问。

奇奇和二姐都醒了，支棱着耳朵听。

"国英，你爹死了。"前来报信的人说。

妈妈"哇"的一声哭了起来，收拾一番，让二姐和奇奇照顾好耶耶，自己出门跟着那人走了。外公的法事做了一个星期。下葬那天，奇奇和二姐又请从册和余兰嫂子照顾一下耶耶，两人都向学校请假，前去祭拜与送别。雄鸡未叫，天光未明，看着黑漆漆的棺材从堂屋抬了出来，好几个家族妇女都扶不直妈妈的腰杆，几乎是架着她跟着棺材走到坟山上，二姐和奇奇又跟在妈妈身后。看着一铲一铲泥土抛撒在外公棺材上，妈妈哭得一把鼻涕一把泪的，说：

"我没有爹爹了，我没有爹爹了。"

第一次见妈妈这么号啕大哭，奇奇整个人愣住了。外婆、爷爷、奶奶，都是奇奇出生前去世的。奇奇都没亲历过亲人的死亡。唯一见证过的死亡，便是他去干田坝医院治疗肺炎时，跟自己同一病房的一个苗族男孩，可奇奇对他一无所知，他的死活跟奇奇都没多大的关系。外公一死，妈妈这么一哭，奇奇的心里也沉甸甸的。死亡便是这么简单，一个人，你对他再好，跟他再亲，他一死，就再也见不着了。由此，死亡又变成最不简单的事情。妈妈、二姐和奇奇吃过晚饭回去时，车子途经埋葬外公的那个山头，奇奇探头看，车窗外，山野沉寂，夕阳缓落，那片山洼里，黑夜已经降临。他们三人坐成一排，想着这些，奇奇的眼泪忍不住流了下来。

"妈妈，"二姐说，"小弟哭了。"

"外公这辈子，太苦了。死了也好，是种解脱。"妈妈的身体挨紧奇奇说。

三十七

奇奇哭的不是外公，是耶耶。这是他第一次对死亡有了模糊的想法，由此及他，奇奇想到的是或许有一天，自己也会像妈妈那样"没有爹爹了"。卖了大花牛，送到水城最好的医院，耶耶的病好了一点，不发疯，没幻觉，可根没断，时不时还会疼得直叫唤，依然靠药物养着。家里花的钱也没比之前少一点儿。奇奇心里一直有说不清道不明的悲情在弥漫，且久久难以散去。妈妈不会当着奇奇和二姐的面谈论耶耶的病情，也不说钱的事，偶尔听得她跟余兰嫂子抱怨，说：

"一点儿办法都没有，能借的人家，都去过了。"

没了猪卖，没了牛卖，奇奇家开始卖粮食。谷子、玉米、大麦、小麦，村里谁家要，妈妈卖给谁。村里人不要，妈妈用背篓沿着水大支线，背到二塘场坝去，卖给住在工厂围墙里那些说普通话的外地人。到后来，除了来年的种子，一家人都没多少粮食吃。甑子蒸的玉米饭成了主食，红豆酸汤或酸汤土豆蘸辣椒水成了主菜。不管奇奇和二姐谁在餐桌上抱怨"不好吃，一点儿都不好吃"，妈妈都和颜悦色地问："什么好吃，你来做，也分我一点儿？"

当然是大鱼大肉啊，可他俩噤口不言，埋头吃饭，再也不提。

家里的粮食、腊肉，都变成钱，钱又变成了药，被妈妈一盒一盒、一包一包提回家里。还有一种草药是妈妈买不回来的，村里附近的山上这种草药又被人挖光了。徐老师开方子时说，想要得到这种药，得找人去梅花山上的一个天坑自己去挖。于是每个周末，奇奇都一个人往住梅花山四梨树村的姨妈家跑，让姨妈的大儿子金泉大表哥，那个会给猪牛马羊鸡绝育的骟匠，带自己去挖那种叫白禾的草药，回家跟排骨放在一起，给耶耶煮汤吃。

三十八

徐老师所说的天坑，叫锅圈岩，在四梨树村对面的山坳里。村里大水井边的五保户是罗小举，锅圈岩也有一个五保户，叫王小举。他俩长得一模一样，连人生际遇也差不多。每次，奇奇跟表哥进入锅圈岩看到王小举，总以为他们是同一个人，是罗小举偷偷跟着自己跑到锅圈岩来了。王小举居住在锅圈岩中的一个天然溶洞里。洞口丈余宽，里面宽二三十平方米，人藏身在此，风吹不着，雨淋不到。

大表哥跟他很熟，每次都要用锑壶灌一斤玉米酒带进来，跟王小举分着喝。王小举一个人时，要么在洞里睡觉，要么坐在洞口晒日头。看到奇奇和表哥下到坑里，便会攀援着石头，从洞里下来，坐在一边，看着他俩挖白禾。大表哥负责挖，他先用镰刀，把白禾带刺的枝叶砍掉，丢在不碍事的地方，再挥着锄头，三两下就把白禾白森森的、流着乳白色汁液的根部刨出来。奇奇连忙剥去白禾表层的泥土，丢在编织袋里提着，亦步亦趋跟在大表哥身后。王小举会在洞里烧一堆土豆等着他们。火塘是用三块高度一致的石头支的，大表哥和王小举一人坐在一个树墩上，两人都吃几口土豆，喝一口玉米酒，有一句没一句地说着话。不喝酒也不吃土豆了，两个人卷旱烟抽。他们比谁的乌木烟杆漂亮，也比谁的旱烟更有味道。每次进到洞里，吃着王小举的土豆，听着他说话的声音，奇奇都在心里暗暗吃惊，觉得他和罗小举真的是太像了，就跟一个模子印出来似的。不过，王小举比罗小举大出了二十来岁，头发和络腮胡子都全白了。他脸上的皮肉又黑又皱，褶子里塞满了黑色的柴火灰烬。也是这些灰烬，让他的白发和胡子又变成了粗粝的黑色。不过他的眼神却很清亮，眼皮灵动地眨巴着，瞟人一眼，目光如一汪水，倏然钻到你的心里去。

"你读几年级了？"王小举问奇奇。

"四年级了，"奇奇说，"爷爷。"

"要喊哥哥，他跟我们是一辈的。"大表哥说。

那么大年纪了，却要喊他哥哥，奇奇有些叫不出口。

"你的学习好不好？"王小举又问。

"还可以。"奇奇说。

"一定要好好读书，"王小举说，"在你还有时间和机会读的时候。我活一辈子了，走到哪里都吃亏，就是因为以前没好好读书。"

　　"我耶耶也说过这样的话。"奇奇说。

　　"我认识你耶耶，我们在你姨妈家一起喝过几回酒。他在粮管所的时候，我去交公粮，都是交在他手里，我还得喊他二耶呢。"王小举说，"我还认识你外公王立忠。我们年轻时跑的地方太多了，把自己都跑残了。"

　　一来二去，相互熟悉后，奇奇对王小举说："我们村里有一个人，跟你一模一样。"

　　"我知道，你说的是罗小举嘛，我们两个确实很像，还经常在一起赌钱。有一回，一个叫田七七的，就是被田敏策在梅花山场坝上杀死的那个，我亲眼看到他死在我面前的。他一进门，拿一把一尺多长的牛角刀——田敏策就是拿这把刀杀死他的——抵着罗小举的心口，让他不要动。罗小举都还没弄明白怎么回事，田七七啪啪甩他几个耳光。我哈哈大笑起来，弄得所有人都一脸懵，等他们还没醒悟过来，我赶紧开溜了。田七七打错人了嘛，他是来找我讨债的，却打了罗小举，你说好玩不。"

　　奇奇想了想，是有点儿好笑，却也没王小举说的那么好笑。

"你怎么住到这里来了？"奇奇问。

"我没地方住了。"

"你的房子呢？"

"塌了，住不成了。"

"重新砌一间嘛。"

"这不是有现成的吗，费那个力气做什么。"

"你怎么不跟你孩子一起住？"

"我没有孩子——有一个姑娘，被她老妈带跑了。"

四梨树村里，大多数人家的房子，都是自己带着炸药到靠近山路的地方把石头从山上炸下来，用大锤敲到大小适中，又请拖拉机拖回来，相互帮衬着花大半年左右时间建起来的。王小举孤家寡人，又赌博成性，没那个时间，也没那个必要。曾经他为娶老婆，请人在村头自己家土地里夯了一间泥墙茅草房。老婆带着孩子跟人跑了后，好几年时间，他自己也总不归家。几经风雨侵蚀与摧残，茅草房的茅草被风吹走，房梁架子也朽烂了，又一阵山风滚过，茅草房彻底倒塌。王小举要的，只是一个能睡觉的地方，锅圈岩就很不错。

"你一个人住在这儿多无聊啊。"奇奇说。

"我忙得很呢，又要种地，又要装修房子。"他把手往四下一指，说："你们看。"

奇奇和大表哥顺着他手指的方向看，洞穴四壁，被王小举用绵密编织的稻草席子遮挡起来，洞口部分，用石头砌了一道一米多高的墙壁。他还用手腕那么粗的原木做了一扇小门，门上靠里一侧，有模有样地挂着一把锈迹斑驳的铜锁。

"你不去赌钱了？"奇奇问。

"赌不起了，我没钱，身体也不好。"他指了指肚子，说，"我这儿经常疼，跟猫抓着一样的疼。"

"你怎么不去看医生呢？"

"刚才说了，我没钱呢。"

"自己采草药嘛，你用青木香、刺梨根、青藤香、龙胆草熬水喝，这山里都能挖到的。"

"你怎么知道那么多？"

"我耶耶也吃这些，徐老师给开的。我耶耶的病比你的还多，我就是来锅圈岩里给他挖药的，挖白禾根回去，给他煮汤吃。以前他一夜一夜地不睡觉，吃了这个，每天还能睡几个小时的安稳觉。"

"什么白禾根？你们挖的那种？"

"嗯。"

"那个叫白芨，"王小举说，"你把名字都叫错了。不过我以前还不知道它也是草药呢。我也一夜一夜地睡不着,不过我不会吃这些鬼东西的。"

"为什么不吃?"

"我巴不得自己早点儿死呢,我就是一个人住到这里来等死的。"

"你天天说自己要死了,要死了,"大表哥接过话去说,"我看你却越活越精神了——王老鬼,你是不是在锅圈岩成精成怪了?"

"那是你不知道,"王小举说,"我有时候疼得一两天都起不来床。"

"王全知道吗?你不是到处给人说,你要把这个山洞留给他,等你死了,让他负责把你埋了吗?"

"你来得正好,你找人给他带个话,就说我要死了,叫他赶紧回来。"

"他是什么人你又不是不知道,谁知道他在哪里啊。"

"在农场区,跟人修公路。"

"你怎么知道?"

"这你别管,找人给我带话就得了。"

"王全是谁?"奇奇问。

"我们村里的一个神人。"大表哥说完,又问王小举,"你真相信他会回来埋你?"

"他会的,他一定会的,你们大家都觉得他不靠谱,但我知道，他答应过我，就一定会回来的。"

"老鬼，他不来都无所谓，"大表哥说，"你真死了，我们也不会不管不顾的，一定会来几个人，把你周周正正地安埋了的。"

"也就你们会进来挖草药，其他人三五个月我都遇不上一个。等你们知道我死了的时候，估计我都被野狗吃得骨头筋筋都不剩了。我为什么要在洞口砌墙，为什么门里要装锁，就是哪天真觉得自己不行了，身边又没人，我从里面把门锁死，往床上一躺就了事了。"

"你死都不怕，还怕这个？"

"你不怕啊？我才不信。"

大表哥略有所思，随即鼻子一吹气，"哼"地一下笑出声来，又说："我以后过几天就进来看你一眼，你说吧，想我们怎么把你埋了。"

"你不去敲铛铛骟猪骟牛了？"

"最近事多，又要忙收粮食，过半把年再出去。"

"不麻烦你什么事的，就在锅圈岩里找个干燥的地方，随便挖个坑就得了。没有其他要求，反正就是不能让野狗闻到味，把我刨出来。"

他们两个继续喝着酒，吃着黑乎乎的土豆，絮絮叨叨说这说那，奇奇的心里，却充满了疑惑。死亡对他们来说，似乎是随时可以发生的稀松平常的事情，尤其王小举，一门心思想死，真是太奇怪了。不是说好死不如赖活吗，他这是怎么了？

三十九

为了还原那个神气活现的耶耶，那个穿着四个兜兜的中山服，理小平头，或在课堂教书，或在粮管所上班的耶耶，奇奇才一次一次来到锅圈岩，不辞辛劳为他挖药。耶耶在家里，光吃药打针还不顶事，妈妈还开始求助神灵。每个月的初一、十五凌晨一到，妈妈准时出现在大水井，第一时间挑回净水，供奉祖先与神灵。农历七月半，鬼门关会打开，所有逝去的亲人都会回来与家人团聚，看看他们过得好不好。妈妈竭尽所能，做两桌有肉有鱼的菜，一桌给自己家的亲人，一桌给无儿无女、四处流浪的鬼魂吃。她站在一边，给他们倒茶、添酒，陪他们聊天，请求他们保佑，不要金银财宝，不要大富大贵，只要一家人能够身体健康，平安无事。腊月十五后，她又砍来野生的竹子，扎一把新扫帚，将家里的角角落落，尤其火盘顶上为方便烘炕粮食用竹子编织的楼板，打扫得干干净净。

"你在干什么啊,小孃?"余兰进来问。

"打扬尘,"妈妈说,"一年不打尘,十年理不清。"

"那我也打。"余兰说。

"你有新扫把没?"

"扫地的扫把不可以?"

"不行,"妈妈说,"必须是自己扎的新扫把。"

余兰把孩子交给二姐看管着,赶紧往罗小举家边上那片竹林跑去。

腊月二十三,要送灶王爷上天,妈妈带着余兰做了一锅豆腐,又炸糯米粑粑,还杀了余兰家的一只大公鸡,跟干辣椒爆炒好,两人一起请灶王爷吃。鸡是从册亲手杀的,他蹲在廊檐下,提刀在鸡脖子上一抹,开一个口子,扯一根鸡毛,从口子插进,又从鸡嘴巴穿出,再倒提着鸡脚。余兰蹲在一边,手端一个饭碗,接着从口子里流出来的鸡血。

"奇奇,"余兰喊,"过来。"

"做啥子?"奇奇跟过去问。

"你不是喜欢唱歌吗,整天这里唱、那里唱的,我也教你一首。"

鸡伸脖,
叫搂脚,
爸爸约我杀鸡婆。

鸡婆哭,
鸡婆叫:
"留我大年好祭灶。"

去杀鸭,
鸭子告:
"留我下田捡虫草。"

去杀狗,
狗发抖:
"求求留我守门口。"

去杀羊,
羊慌张:
"留我长毛做冬装。"

去杀猪,
肥猪叫:
"接亲良辰还未到。"

去杀牛,
老牛求:
"留我犁田背犁头。"

去杀马,
马说话:
"留我背你走天下。"

猪、马、牛,
鸡、鸭、狗,
个个怕死找借口。

爸爸气,
爸爸吼,
甩刀进屋喝闷酒。

"闷酒是要喝的,今天正好是拿它来祭灶,"从册说,"不然我都吃不到嘴里了。"

奇奇和余兰笑了起来。

"得等灶王爷吃过,"余兰说,"你才能吃。"

"我知道,"从册说,"跟谁抢,我也不会跟灶王爷抢。再说,他一个人也吃不完。"

奇奇家和从册家一起请灶王爷撮一顿美味,是要他上到天庭见到玉帝,汇报一年工作时口里留德,别说两家人亏待了他,在他们家那么久没吃到什么好东西。为此妈妈前一天晚上特别交代奇奇和从册,拿着手电筒,去到二塘河边的柳树下及过江草丛中,抓了十几只石蚌,她亲自下厨,也做给灶王爷吃了。刚死去不久的外公也跟着享了口福。自他死后,他的亡人牌一直供奉在奇奇家神龛上。妈妈瞒着灶王爷,用一个小碗,把鸡肉和石蚌肉一起给外公盛上一小碗,告诉外公,说生前做儿女的没亏待过他,希望他死后,多多保佑大家。耶耶苦笑,说她整的都是迷信,没什么意思。

"什么才叫有意思呢?"妈妈反问,"祖祖辈辈都是这么过来的,做了,自然有它的好处,不做,就没好处。"

只要能让耶耶身体好起来,妈妈什么都愿意做。在此过程中,只要听说什么地方有一个神医,保证药到病除，不管多远，花多少天时间，坐什么车马，她都要逼着耶耶跟她赶过去，请人家给耶耶望闻问切，开各种奇特的方子。从耶耶开始住院治疗起，奇奇和二姐已经习惯了他们来、他们走、他们总不在家的日子。二塘河谷的十里八乡，属于威宁也罢，属于水城也罢，他们都去。又从二塘及梅花山火车站坐火车，或在格扭大桥边乘中巴车，最远的地方去过云南的赫章、宣威，贵州的安顺、遵义。奇奇和二姐似乎变成了从册和余兰的孩子，和小朵、小果他们六人，才是一家子，整天吃住都在一起。有什么好吃的，余兰都会端到火盘上来，任大家品尝。

四十

不是一家人，不进一家门。余兰和从册都是那种性情温和、为人实诚的人。除了当年为爱情抗争，此后他们什么都不争。有了孩子后，为了一家人的一日三餐，从册到处忙活，性格上仅有的那点锋芒，都磨损了。在村里进进出出，没有太多话语，也没什么花花肠子，只会埋头做事。与邻里和睦相处，对待兄弟也巴心巴意。大一点儿的几个弟弟，或读书或做事，没那么多时间往他们家跑。只有五武和奇奇，每天不去他们家转一圈心里都不得劲。两个人，或者两个中的某一个，从外面野回来，拉开自家碗柜，没什么吃的，不管从册和余兰是否在家，都去开他们家碗柜，见到什么吃什么。什么也没，两人径直去他们卧室的床下捡土豆丢在火炉里烧着吃，一点儿也不客气。有时进到屋里，发现他们一家四口在睡午觉，小朵和小果睡一头，从册和余兰嫂子睡另一头。两个人不穿衣服，相拥在一起，被子拉到腰腹处，睡得口水都流出来。听见动静，如果是余兰醒来，她最多瞟上一眼，当什么事也没有，继续睡。从册先醒会赶紧拉被子，盖住余兰的胸口，笑着低声说：

"小短命的，你进来干什么？"

"哎呀，大白天的，两口子睡什么觉嘛，赶快起来，我都饿了。"五武会说。

奇奇只会笑而不言，继续猫身到床下，抱着几个大土豆，又赶紧出来。土豆有红皮、黄皮、白皮、紫皮四种。他们喜欢吃紫皮的，烧熟后，肉质变沙，如硬壳里焖着一包香味奇特的面粉，冒出袅袅的白气，在火盘上弥漫开来，又慢慢飘进卧室里。从册便会穿衣出来，跟他们一起吃。五武和奇奇吃土豆，喜欢用香料搅拌好的火烧辣椒粉蘸着吃。从册喜欢吃青辣椒，烧熟，剥皮，撕成一条一条的，浇上酱油即可。一口土豆，一口辣椒，一口酒，一会儿便把脸都吃得红彤彤的。

"你喝过酒没？"从册问奇奇。

"没有。"奇奇说。

"要不要尝尝？我给你个杯子。"

"不要，"奇奇说，"不会。"

"你一天喝多少？"奇奇继而问。

"半把斤是要整的。"

从册说着，轻轻咳嗽了几下。他以前一天一斤半，余兰嫂子管得严，一天最多只让喝半斤，身体果然好了很多。说话间，酒已上头，从册忘记里面还睡着三个人，起身插上录音机插头，按下播放键。一个女人又软又糯的声音婉转地飘出来。

"这是谁？"奇奇问。

"邓丽君。"从册说，"就是我说的那个台湾女歌星。"

"你不是说二塘区和钟山区的音像店都没有她的磁带吗？"

奇奇想起来，耶耶从二塘医院出院那天，从册也去赶集了，到处找这个歌星的磁带，场坝上转了几圈没买到，带着失落的心情去医院看望耶耶，又扑了个空。耶耶走一程，带着一家人坐在铁轨上歇一气。从册在芭蕉坎铁路边吃了几片烤豆腐继续赶路，还能在二塘火车站追上他们。

"不好听。"奇奇说。

"你不懂，"从册说，"你现在还小。"

"你从哪儿买来的？"

"请人从水城县里给我带回来的。"

"吵死人了，"余兰在里屋恼火地说，"怎么开那么大声音。"

从册赧颜一笑，用眼神示意奇奇去把声音关小一点儿。一旦吵醒，想睡也不可能，余兰干脆起床，来到火塘边跟他们一起吃。小朵小果看不见妈妈，不一会儿，便在里屋哭起来，余兰又起身进去，抱小果，拉小朵，两个都带到火盘边。胖胖的小朵能自己吃饭，剥一个土豆塞她手里，她便坐在一边，吃得口水都淌出来。不满一岁也胖胖的小果还在吃奶，觉没睡够，"哇哇"地哭。余兰拉起衣服，把能看见蓝色血管的一只奶头塞进他的嘴里。奇奇经常会逗小果玩，伸手一扒拉，将奶头从他嘴里扯出来，小果噘嘴空吸几下，又"哇哇"哭起来。奇奇便说：

小娃娃，莫要哭，
转个转转就到屋，
屋前有口鲤鱼塘，
屋后有棵梭罗树。
穿的铜钱厚的衣，
坐的走马转角楼，
锤子大的珍珠米，
巴掌大的肥腊肉。
一口饭，
一口肉，
吃得娃娃胖嘟嘟。

"羞羞羞，猴儿背兜兜。"二姐若在，便会说，"男生是不能摸女生的。我们老师说的。"

"小短命的，不要逗他了，哭得难听死。"从册说。

奇奇不听他们的，余兰重新把奶头塞进小果的嘴里，他又继续扒拉，顺手还偷偷在余兰的胸上掐了一下。

"哎——哟——"余兰喊起来。

"咬你了？"从册问。

"不是，"余兰一巴掌拍奇奇屁股上，说，"这个小短命的掐我。"

"哪个叫你不帮我。"奇奇说。

四十一

　　说的又是前几天下午的事了。最近，茶山小学的孩子什么游戏都不玩，爱上了踩高跷。高跷跟每个人的身高差不多，是从山上砍来的湿地松和大红花树，也有的是青冈木，只要两根粗细一般，又在同一个高度开出可以踩而不折的枝丫，他们都要。站上去，脚板离地一尺多高，提左边，迈左脚，提右边，迈右脚，熟练后，爬坡，上坎，过小溪，都不成问题。

　　放学后，奇奇踩着高跷在前，五武、海鹰、小莲及其他几个同学踩着高跷在后，刚走到小溪边，洗衣妇中的一个年轻小媳妇抬头看着奇奇，笑眯眯地问：

　　"你是哪家小姑娘？"

　　"我不是姑娘。"奇奇正色说。

　　"不对吧，"她说，"不是怎么留长头发呢？你把帽子去掉，跟我比比，估计我的头发都没你的长。"

　　"我就不是……"

　　小媳妇身材矮胖，脸又圆又白，一说话就笑，笑起来脸上又能看到两个圆圆的小酒窝，衬得她的脸更加地圆了。奇奇想，我应该先喊她一声嫂子的，或许她就不会这么问我了。小媳妇是薛堡堡老岳父的邻居，刚从对岸的新合村嫁来村里不到一个星期，奇奇还找她要过喜糖吃呢。他们一帮孩子推挤开闹婚房的哥哥姐姐们，乌泱泱站在她的面前。她那时候也是这样笑眯眯的，屁股从红艳艳的婚床上抬起来，俯身看着他们，一边用右手的小拇指娴熟地把一缕乌黑的头发捋到耳背上。

"你们都是谁啊？"她问。

一帮孩子看着她，赧然笑着，都不说话。

"叫，叫我啊。"她拉开床头柜的抽屉，抓出一把喜糖，手背在身后，又说，"谁叫给谁，先叫先得。"

"嫂——子——"

奇奇他们此起彼伏地小声喊着，凡开了口的，她就在手心里放一颗糖。得了糖的，转身跑出去，剥了糖纸，很快吃下去，又回到婚房，继续找她要。不过在那之后，奇奇就没见过她了。当时那么多孩子，五武、海鹰也在，就奇奇一个人戴帽子，自然眼熟，也容易记住。余兰嫂子也蹲在小溪边洗衣服，跟小媳妇隔着一个人。她笑眯眯地看着小媳妇逗奇奇，没半点儿要解围的意思。奇奇向她投去求救的眼神，看到的只是她白白的脸面上一片活活的波光,那是午后的太阳经小溪的流水反射后投上去的。

"余兰,你家奇奇是不是女孩?"小媳妇问。

"我哪里知道啊,"余兰说,"他又没脱开裤子给我看过。"

"现在让他脱,"中间的洗衣妇说,"不就清楚了。"

奇奇笑起来,想走,他知道,她们是故意逗他的。但她们动作快,奇奇刚提着高跷蹚过小溪,小媳妇伸出湿漉漉的手往下一拉,奇奇的裤子褪到膝盖上,露出光光的屁股蛋子来。在她们花枝乱颤的嬉笑声中,奇奇跳下高跷,拉上裤子,又提着高跷,风一样跑过金色的田野,从打谷场上到马路,又一路跑回家里。第二天,小媳妇在路上见到奇奇,还用食指在脸上划着道道,羞他。

"你的头发确实太长了,脑袋上老挂着条东西,"听余兰这么说,从册笑了起来,说,"你不觉得难受?"

"我都习惯了。"奇奇说。

"死尹久岛,害死人了,"从册说,"等你耶耶回来,我跟他说说,看个期辰,把你的长毛剪了。"

"我也想剪,"奇奇说,"只要耶耶同意。"

"我会跟他说的,"从册打一个哈欠,说,"你们慢慢吃吧,我还要再去睡一觉,困得不行了。"

"才起来,又睡?"

"还不是怪你，"从册说，"把我吵醒了。"

最近，从册哥哥的瞌睡越来越多了，任何地方，任何时候，他都能睡着。坐在火盘边，跟耶耶喝烤茶，聊天，耶耶说一句，他回一句，耶耶说好几句，他无动于衷，仔细一看，从册靠着椅子，头歪着睡着了，一溜口水顺着嘴角滑下来。从磷肥厂下班回家，走到果花村小溪边，坐在别人家草垛上抽烟解乏，他也能头一歪，又睡着了。烟火点燃草垛，差点没把自己烧死。赔了人家五十块钱，自己还心疼不已。上班时上班，不上班时要么睡觉，要么一吃过晚饭就消失得无影无踪。从册似乎瞌睡越大，行踪就越隐秘。

"哥哥最近干什么去了？老见不着人。"奇奇问。

"没干什么啊。"余兰说。

"怎么老不在家呢？"

"到处找活路做，挣钱嘛。"

"怎么那么多瞌睡呢？"

"累了，都是累的。"

"不像，"奇奇说，"我感觉不像。"

"怎么不像了？"

"他身上的味道跟以前一点都不像了。"

"是嘛，"余兰说，"你这是什么狗鼻子啊。好好闻闻，他要干什么坏事的话，闻出来告诉我，看我不收拾他。"

"好。"奇奇说。

四十二

奇奇不是闻出来的，他也闻不出来，他只是等从册晚饭过后摇摇晃晃走出家门，一个人悄然往背后地走去时，跟着他的行踪发现的。哥哥在偷偷挖煤炭，还是在奇奇家的地里。许多人家的地里，薄薄的土层下面，都有煤炭，有时用牛犁地，力度没掌握好，犁铧深了一点，都能看到一抹黑。刨出来背回家，倒在火炉里，一样能燃烧出蓝幽幽的火焰来。这样的煤层太薄，只有一到两尺厚，挖起来，十箩石头一箩炭，成本太高，含硫又重，熏得火炉都黄黄的，日常炒个菜呛得人一把鼻涕一把泪的，几乎没什么人要。

只是近来猴场那边成立了一个焦化厂，可以把这样的煤炭炼造成焦炭，通过猴场火车站上的车皮输送到外地去炼锌使用，人们才偷偷开采的。几家人合伙，带着铁镐、锄头、背箩，在晚上偷偷往土里钻。背后地许多人家地里都有这样的井口，属于私采，只能晚上行动。产出的煤炭倒在隐蔽的地方，天亮后和井口一起，用一捆一捆的玉米秆遮掩起来。眼见差不多了，再联系焦化厂的解放牌大卡车，顺着果花村的小溪，一路开进来，运出去。一车煤炭十几吨重，才几百块钱，非常便宜，人却累得半死，还得提防政府的人来查，来封井，来罚款。

尽管这样，为让一家子有更好的生活，从册毅然加入了私采煤炭的行列。他挖的煤井，侧向深入二十多米，遇到一块倾斜的大石头，井口也随着石头一起倾斜，形成一个四十五度的小坡，翻过去，往里十多米，挖净一小窝煤炭，又回到斜坡顶端，向右转弯。原来的洞穴已废弃，成了公共厕所，挖煤人尿急屎急，都排在那里，弄得整个煤井臭烘烘的。井里通风不好，汗味也浓，两种味道混在一起，熏染在他的身上，下到二塘河里也洗不干净。

奇奇循着这种味道跟着从册，一直下到煤井的最里边，发现井里除了他，还有大伯、伯娘和妈妈。四人一起奋战，从册和大伯负责挖，妈妈和伯娘负责背。四人都黑黢黢的，只有眼白和脸颊上汗水冲洗过的地方才让人分辨出那是一个人。大伯正在跟从册哥哥商量，说遇到了好煤层，有四尺多高，可以多请几个人扩大生产。从册说他已经托人去请了，是韭菜坪下大箐村的人，都是余兰家的亲戚，人家已经答应，最近就会过来。

"你进来干什么？"妈妈见到奇奇，有些吃惊。

"我来帮你们挖煤。"奇奇说。

"出去，出去，"大伯有点儿不耐烦，说，"别在这里添乱了。"

"让他试试，"从册说，"看他有多大点儿力气。"

"快点儿回去了，"妈妈说，"时间已经不早了，别在外面晃来晃去的。"

"让我试试嘛。"奇奇说。

从册把他的铁镐递给奇奇，大伯退后几步，给奇奇让出地方来。奇奇拉开架势，猛地一铁镐挖下去，火花四溅，手被铁镐震得又疼又麻，却只抠下拳头大一块煤炭来。奇奇又试几下，还是这样。大伯已用撮箕盛煤，装满妈妈和伯娘的背箩。妈妈背着一百多斤煤炭，开始往外面走，拉了奇奇一把，让他把铁镐还给从册，跟着她走了出去。

"快点儿回家，"妈妈说，"都快十二点了。"

"知道了。"奇奇说。

"千万不能跟别人讲，"伯娘说，"谁都不能说。"

"知道了。"奇奇说。

四十三

没过几天,将近晚餐时间,余兰家大箐村的彝族亲戚果真来了。个个披羊毛披毡,系白腰带,穿黑色镶花边、裤脚宽一尺二的裙裤。三个穿坎肩长衫,其他人又穿着绣花马甲。有两个的青布头帕随便缠在头上,其他人的青布头帕折成高耸的英雄结,裹在头上,看着都英姿飒爽又神采奕奕的。来之前也没跟谁打声招呼,乌泱泱七八个人都背着一个大背篓,背篓里又都背着三四把铁镐,突然坐在奇奇和余兰家的屋檐下。家里只有二姐和奇奇。二姐拉开两家的碗柜门,什么吃的也没有,只得现做。她把自家仅有的一两斤腊肉提出来,煮面条给他们吃。

"客来别嘟嘴,多添一瓢水。"这是妈妈经常说的,"人多不怕,吃不饱,也能喝饱,不能慢待人家。"

"肉要切得大块一点,让人每一块塞进嘴里,都能吃得包口包嘴的。"这也是妈妈经常说的,"不能让客人觉得我们家小气,不舍得给他们吃。"

二姐忙得飞起来,也没忘记让奇奇去把从册哥哥装在锑壶里的两斤苞谷酒提过来,找玻璃杯子倒给这七八个人喝。奇奇照做后,扒在门边,看着二姐将煮熟的面条,一碗一碗捞出来,端到每一个人手里。他们呼噜呼噜地吃着,时不时端起杯子,相互碰杯,嘴里说一声"孜哆",然后一饮而尽。奇奇很熟悉这样的场景。耶耶在粮管所工作时,他们背着粮食去交公粮,等候过程中围坐在一起,找一个人到场坝上用锑壶打来几斤苞谷酒,吃着从家里带来的烧熟的土豆,喝转转酒。前一个人喝一口,抹一下壶口,嘴里也说一声"孜哆",递给下一个人。几圈下来,酒尽人不醉,喜欢高声大气地说话,不晓得的,以为他们在吵架。偶尔跟耶耶去粮管所看到这样的场景,奇奇都很有兴致围着他们看,想偷偷学几句彝语。可今天,奇奇的心里只有忧伤,无尽的忧伤。二姐拿出来的面条也是他们家仅有的两把,几乎不够这七八个人吃。这也意味着,他们一家今晚可能吃不上饭了。

奇奇悄然抽身离开,穿过马路下面的攀枝林,下到小溪边。溪水清亮,叮咚响着,奔二塘河流去。他蹲下来,看到过江草掩映着的一块石头下,几条泥鳅游来游去,尾巴一甩,扫起一层泥沙,覆盖在自己身上。要能抓到,油炸一下,也能吃上几口的,放水来熬,估计也能喝饱吧。这么想着,奇奇脸颊一热,泪水流了出来,掉落到小溪里,泥鳅也吓跑了。听见身后有脚步声,回头看,是余兰嫂子。

"奇奇,"余兰离着几步路,说,"我做好大米饭了,到处找你呢。"

奇奇没说话,怕哭出声来。

"赶紧上来哦,"余兰又说,"不然我们吃完了。"

余兰说完,又走了。奇奇捱了一下,眼泪不流了,这才爬过攀枝林,回到家里。那七八个彝族亲戚吃饱喝足,背着背箩到背后地挖煤去了,顺便帮妈妈、从册、大伯、伯娘送晚饭去。余兰养的大黄狗产下四五条小狗后,不吃不喝好几天,莫名其妙跑出去好几天,终于回来了,躺在屋后的窝里,不一会儿便死了。几只小狗,除了奶水,其他东西吃不进去,也跟着死了。余兰用撮箕端着尚有余温的小狗去到攀枝林,挖一个深坑埋了。母狗则被这几个人吊在屋后的核桃树上,剥皮砍小,一锅炖了。白天无事,吃饱喝足,没地方去的他们拿出带来的二胡,坐在余兰家屋檐下,吱吱呀呀地拉着,用彝语唱酒歌:

阿西里西,
阿西的西,
求堵楼那的求堵搂,
求堵那里求堵那的,
喔啊,哦啊,
啊呀,求堵那嘛翁阿是翁。

"听不懂，听不懂。"好多孩子跑来看，跑来听，笑着对他们说。于是，他们又笑眯眯地继续拉着二胡，用汉话唱其他的歌：

> 山坡上鲜花多的时候，
> 　坡的心是焦的；
> 不管山坡如何心焦，
> 　鲜花是要开的。

> 水里鸭子多的时候，
> 　水是心焦的；
> 不管水是如何心焦，
> 　鸭子是要游的。

> 娘家姑娘多的时候，
> 　阿妈的心是焦的；
> 不管阿妈如何心焦，
> 　姑娘是要出嫁的。

他们酒后及唱歌时的神情、身上的味道，让人一打量就知道是来挖煤的。挖煤人不去安乐村煤老板田顺民的矿井，不去茶山四队与茶山小学隔着两座山的、有正规采煤手续的其他矿井，还能干什呢？私采。

"你们家是不是在背后地偷偷挖煤？"鱼儿还是带着春春、班明等人，在奇奇放学路上拦住他问。

"没有啊。"奇奇说。

"那几个彝族人不是来挖煤的？"

"不是，"奇奇说，"他们是余兰嫂子的亲戚，是过来玩的。"

"能天天玩，吃他们家的，住他们家的，一直不回去？"

"这我不知道。"

"你骗鬼还差不多。"鱼儿说。

"真的没有，"奇奇说，"我们家地里挖不出煤炭。"

"我们自己看去，看煤管站的人不罚死你们。"鱼儿说完，带着人拔腿往背后地走，一下跑出几十米远。

"鱼——儿——"奇奇在后面喊道。

"怎么？"鱼儿站住，说，"承认了？"

"不是，"奇奇说，"你过来一下。"

"过来干什么？"鱼儿说，"你又想打架？"

"我不会再跟你打架了，"奇奇说，"以后都不会了。"

"你叫我干什么?"

"你过来就知道了,你一个人来。"

"说吧,"鱼儿迟迟疑疑走到奇奇身边,说,"你想说什么?"

"给你,"奇奇从书包里掏出海螺,说,"你不是要吗?我给你。"

"真给我?"鱼儿有些惶惑地问。

"真给。"奇奇说,"我妈他们很辛苦,我不想他们钱没挣到几分,又被罚一笔钱。"

鱼儿咬一下嘴唇,思忖着,接过奇奇的海螺,很快装到书包里,招手叫回他的伙伴,几个人蹦蹦跳跳地走了。可从册他们私采煤炭的事情还是传出去了,村里人人皆知,气得奇奇真想提一把斧头,晚上偷偷跑去把鱼儿家的柿花树砍了。退一步想,也不一定是鱼儿说的,很多因素都能造成这样的结果:七八个煤管站的人,把妈妈、从册、大伯、伯娘四人封堵在煤井里,要求他们当天自己把井口挖塌,封死。还给带头的从册开了一张四千元的罚单。这张罚单便是压垮骆驼的最后一根稻草,还压垮了耶耶的身子,带来毁灭性的后果。

四十四

妈妈带耶耶四处寻医问药,既能散心、纾郁,偶尔也真能找到一点对症的药物吃下去,取得一点作用。有一阵子,耶耶的身子骨不再软趴趴的,腿脚也比以前有劲了,一个人也能到田间地头或村子里四处走动,恢复各种人情往来。心情一好,往后再跟妈妈出门,耶耶便借机继续收集关于族谱的各种资料。在陌生的境地,听别人说哪里埋着一座族人的祖坟,他都愿意绕一点儿远路,过去看看。茶山小学的老同事、书友,村里聊得来的朋友,又开始往奇奇家跑,听他讲出门在外遇到的各种奇闻逸事。耶耶也乐意把这些意外的收获拿出来分享。他说根据掌握的资料,二塘河谷凡跟自己一个姓的宗族分支,是从山东曲阜,那个出孔圣人的地方迁过来的;在吊水岩上跟保警队队长刘正清同归于尽的那个密探,还是自家的家门,按辈分,耶耶还得叫他三叔。收集自家的族谱,难免会看到许多其他族谱,不只对自己族人的历史,耶耶对整个二塘河谷的历史都有了更多的认识。他说二塘河谷的汉族人,几乎都是很早之前以屯兵戍边的方式从外地迁徙过来的。赵、谢、田三个姓的人家,祖籍都在南京应天府,那是大明朝的兵营所在地。整理族谱之余,耶耶也会给二姐和奇奇辅导一下功课，把他们试卷上的错题全讲述一遍，直到他们完全弄懂为止。

耶耶上一次这么认真教导奇奇，已经是好几年前的事情了，也就是奇奇报名上小学那一天。他的肚子不疼了，送走了在奇奇家吃晚饭的胡顺学医生，耶耶把奇奇拉到堂屋里，指着堂屋后墙上处于中间位置的神龛与家神牌对奇奇说：

"既然读书了，就要好好读。前三十年看父敬子，后三十年看子敬父，我还指望着你光宗耀祖呢。我虽不是老师了，在家一样可以像老师一样教你的。今天，我们就从家神牌教起。你看，这上面从上到下写的是'天地君亲师位'。天，是我们头上的天；地，是我们脚下的地，要敬畏；君，是国家的领导人；亲，是祖先，是父辈；师，是老师，是长者，要敬畏；位，就是你自己，自己也要尊敬自己，一个人，连自己都不尊敬自己，谁还会尊敬你。一个没有敬畏心又无所畏惧的人，走到哪里，都注定一事无成。"

这样的场景，妈妈已经很长时间没看到了，坐在一旁欣慰地笑着。天气晴好的日子，他们一家要去格扭大桥边的沙坝地给玉米地除草。妈妈带上一壶玉米甜酒，一袋煮熟的土豆，一个吃饭用的小碗，临出门问耶耶，身体不要紧的话要不要一起去走走。耶耶想了想，说可以。妈妈、二姐和奇奇的肩头都扛着锄头，只有耶耶空手空脚的。他从妈妈手里接过甜酒提着，跟着他们下到沙坝地里。妈妈给二姐和奇奇每人分了两行玉米，自己也挌着两行，带着他俩从这一头薅到那一头，又一人挌着两行玉米薅回来。玉米地紧挨着二塘河，河岸长着一排柔顺的垂柳，垂柳下又长满厚厚的过江草。耶耶坐在过江草上折垂柳枝条，编了三个环状的帽子给他们，说可以挡太阳。奇奇和二姐都接过来戴上，为的是好玩。妈妈眯着眼睛看看天，高原万里无云，河谷弱风扶柳，气温也不怎么高，说不要，戴着还碍事。

"甜酒，"耶耶趁机问妈妈，"我可以喝吗？"

"不知道，"妈妈说，"我不知道甜酒会不会解药。"

"哎呀，"耶耶说，"我出来时，忘记吃药了。"

"你是想喝甜酒了吧？"妈妈说。

"我还真是好久都没喝过了呢。"

"那你少喝点儿吧，"妈妈说，"我担心它会解药。"

他们继续薅过去，薅回来，用锄头除去过江草及其他杂草，在每根玉米的根部培一层土，给予它充足的养分，让它更好地生长。薅累了，妈妈又带着他俩坐到耶耶跟前的那棵垂柳下，跟耶耶一起吃土豆，喝甜酒。奇奇和二姐每次只能喝小半碗。口渴了,他俩去到河边,在离河水几米远的沙地上挖一个深坑,一会儿,便会汪出一坑清亮的水来,用手捧着喝。妈妈拿过酒壶一看,耶耶都喝下去两小碗了,土豆倒只吃了一个。很久没喝,他的身子有点儿受不住,脸红红的,兴致一高,语言和思维都活泛起来,脸上氤氲着和煦而芬脾的酒气。

或许是为了开导奇奇和二姐,启发他俩,作为一个去过贵阳和海南的有文采的语文老师,一个义务的族谱整理者,耶耶指着身边的物景,柔情地对他俩说:"我们村子四周,群山环绕,就像一群肃穆的老人,亘古以来,手牵着手,顶天立地,守护着二塘河谷,也守护着我们的家园。我们常说,大地是母亲,那是因为有水的存在,对于二塘河谷生活的人们,二塘河,就是我们的母亲。它与群山一样苍老,一样慈祥。只有它,才能洗净群山的烟尘;也只有它,才能消除二塘河生民身上的病痛。为他们生长出五谷杂粮,养活一代又一代人,也为他们盛开出各种花朵,陶冶情操和情趣。天空中飞翔的鸟儿呢,它们是聚天地灵气的精灵,为春夏秋冬,也为山山水水,相互传递着各种信息。"至于屁股下坐着的过江草,耶耶问奇奇和二姐:

"你俩知道它们有着什么使命吗?"

奇奇摇摇头。

二姐摇摇头。

"你们匍下身子,用耳朵仔细听一听。"

奇奇和二姐趴在地上,屏声静气地支棱着耳朵,对着藤蔓相互交缠着匍匐于大地顽强生长,看着无序却浩荡、广阔,地毯一样绿油油地包裹着二塘河谷的过江草,对着它们在夏日和煦的微风中簌簌抖动的细碎叶片听了又听,然后又一脸茫然地看着耶耶。耶耶端起小碗,又喝了一口玉米甜酒,咂巴着嘴,微笑着对奇奇和二姐继续说:

"过江草在风里抖动,便是在絮絮叨叨地给我们讲述故事。它知道二塘河谷每一个人的故事,不管是活着的,还是死去的,凡二塘河谷生养过的人,它都永远记得。"

奇奇和二姐听得一愣一愣的。妈妈也喝玉米甜酒,脸红红的,一个人背靠着一棵碗口粗的垂柳,看着他们仨,笑而不语。风在吹拂,柳条飘动,她脸上的树荫也在不时地晃动。一明一暗间,她的微笑越加地生动。那一刻,她一定以为耶耶的病已经完全好了,他再休息一阵子,跟伍邵红打个招呼,又可以回到学校去教书了。找找关系的话,甚至可以继续回到粮管所上班,去吃公粮呢。可惜,现实一点儿也不如妈妈想象的那么美好。

四十五

妈妈伙同从册、大伯、伯娘,在自家背后地的地里私采煤炭,耶耶一开始不知道,等知道了,也拦不住。每天夜里妈妈出门时,他都要唠叨说:"小心一点儿,小心一点儿,煤管站的人抓到就麻烦了,偷鸡不成蚀把米啊。"真是一语成谶,罚款四千元,平摊,一人一千元。耶耶吓傻了,他在粮管所上班一月工资六十五元。他好脚好手的,保得住工作,不吃不喝,也得一年多才能还上。何况,为给他治病,自己家已经欠很多钱了。耶耶万事举轻若重,身子有病,心事更多。他跟妈妈吵架,各种埋怨,妈妈一句不回,他便自己生闷气,闹情绪。"活不成了,活不成了,把我卖掉,也不值这么多钱啊!"越这样想,他越焦虑,谁劝,也宽慰不了他深深的忧虑,他又开始睡不着觉了。胡顺学又频繁来奇奇家,给他带来一盒盒的苯巴比妥片。以前一次吃三四颗,现在吃五六颗,也才让他睡上三四个小时。身体从未断根的病痛,伴随着失眠逐渐加重,幻觉,又开始在他的脑海闪现。这一次,耶耶不骂人,心平气和地,跟一个看不见的人说话。

"不晓得嘛,哪个晓得会这样。

"哎呀……哎呀……

"你想想看,你自己想想看。

"这个?不行。这个?也不行,我不要这些东西的。

"怎么办哦,你说嘛,怎么办哦——我是一点儿办法都没了。"

"耶耶,"二姐进屋,大着胆子问他,"你跟哪个讲话?"

"我跟我自己嘛,"耶耶说,"我还能跟哪个讲话。"

看神情,听语气,似乎又是好的,一点儿问题都没有。不过,奇奇家又变得冷冷清清了,谁也不会来了。妈妈总一个人偷偷地哭,想尽一切办法,确保耶耶的用药和针水不断。到了周末,奇奇又开始往锅圈岩去,在王小举的注目下,挖回更多的白芨,炖上排骨,让耶耶吃下去。这一次,这种神奇的药材,却倒了耶耶的胃口,让他一吃就反胃,想吐,呕几下,"哇"的一声,将其他吃进去的东西全吐出来,浓稠发臭的汁液里,混杂着红红的血水。妈妈不敢看,清扫之前,先歪着头,抹干净眼泪。还有什么东西可卖呢?没了,只得又找人借钱。

"我有钱。"二姐说着,掏出来十块钱。

"哪里得来的?"妈妈问。

"采榛子提到场坝上卖的。"二姐放学不采猪草了,也背着小背箩出门,原来是忙这个去了。

"我的身体我知道,在干田坝住院那次,我就知道了,你是瞒不了我的。不要再借什么钱了,我心里有数,这个病花多少钱,都是于事无补的。"耶耶有气无力地说。

此后的两三个月,耶耶时而清醒,时而昏沉,双眼开始下陷,身体跟着发瘪,薄得也像他身子下的一块床板。他的同事、书友,玩得好的村里人,又纷纷走进奇奇家,不过,都是赶来与耶耶告别。

"奇奇,我——快不行了。"弥留之际,耶耶对奇奇说。

"兄弟,"赶来探望的徐文说,"老人不行了。"这时候,他没有把奇奇当作自己的学生,而是这个家庭里与他同辈的一个男人。

胡顺学也赶来探望,跟奇奇说:"兄弟,老人不行了。"他的五弟娶的是奇奇三姑的大女儿,奇奇日常就喊他哥哥。

怎么能说不行就不行呢,事情不应该是这个样子的。奇奇的脑袋里乱糟糟的,像浆糊,出了家门,火急火燎又糊里糊涂跑到三公公家里去,不打招呼便"咣当"一下推开房门。"吱溜吱溜",好多黑色的人影子翻窗逃了出去,消失在屋外的玉米地及松树林里。有一个瘦得像一根枯木的老妪慌不择路，一头撞在奇奇身上。顾不上疼痛又踉跄爬起来，快速躲到三公公的卧室里，把门从里面锁上。奇奇顾不上害怕，跑过去用拳头"咚咚"砸门，嘴里喊道：

"奶奶，三公公在家没有？"

"他出门去了。"里面的老妪说。

"去哪里了？"

"山里吧，具体什么地方，我也不知道。"

"你是谁啊？"奇奇又问。

"别管我是谁，你就喊我奶奶吧，奇奇。"

"你怎么知道我是谁？"

"我怎么不知道，你耶是立人，他快不行了，对不对？"

"就是，就是。"奇奇说。

"我就知道事情会变成这样。一早让一只乌鸦去通知你们，可你们都不相信，还把它赶走。"

"哪里有乌鸦啊，"奇奇说，"奶奶？"

"在二塘医院时，你想用弹弓打的那一只。"

"你怎么不继续派它来呢，多来几次，我们不就知道了。"

"一切都是天数，不是我能左右得了的。"

"奶奶，现在怎么办，赶快想想办法啊。"

"我这不是在找人商量吗？全被你吓跑了。"

"你叫他们回来啊。"

"都商量完了，一点儿办法都没有，他的时候已经到了。"

"三公公呢？他也不行吗？"

"是的。黑色的牛王毛没有了，他就是去山里寻牛王毛去了。"

"牛王毛？"

"牛王十月初一下凡巡视，身上痒了，会在树上石头上蹭，会掉下来毛。还只得是黑色的牛王毛，其他的也不行。"

"拿这个干什么？"

"奇奇，"奶奶说，"过江草汁泡牛王毛，七七四十九天后，涂抹在人的眼皮上，人的身体就会被一层看不见的罩子罩着，有了保护，便能从穿洞下去救人呢。"

"猴场的那个穿洞？"

"就是了。"奶奶说，"穿洞穿洞，就是从这边穿到那边的洞。过江草，过的什么江，就是穿洞里面的那条江。二塘河谷所有往生的人，好人也罢，坏人也罢，进了洞，过了江，除了转世，就再也回不来了，除非他想当一个无处藏身的游魂。"

"那怎么办啊，奶奶？"

"别问了，"奶奶说，"你赶快回家去，不然来不及了。"

"对哦，"奇奇急忙说，"那我以后再来看你，奶奶。"

差点儿忘了这一茬。奇奇辞别奶奶，赶紧跑出三公公的家门，跟来时一样，风风火火往回跑。二姐站在磨面坊门前，正在四处找他，她逢人就问，焦急得如热锅上的蚂蚁。

"二姐，二姐。"奇奇喊着朝二姐挥了挥手。

"你死哪里去了？"

二姐一把抓住奇奇的手，带着他往家里跑去。他俩刚进家门，来到耶耶床边，只听他喉咙里发出一阵细碎的轰响。这是耶耶的最后一口气，从鼻息，从嘴里，通过喉管，落到了心底，再也呼不出来。这一天终于来了，妈妈知道，不管她做什么，这一天都无可避免。

四十六

妈妈迅速从卧室的箱子里抱出几件洗净的棉布衣服

给耶耶换上。奇奇偷瞄一眼，只见她面无悲意，或者说，已将悲意深深隐藏，谁也无法看到。一直陪在耶耶身边的从册哥哥，起身快速推开奇奇家所有的门窗，随后又举起一根长长的竹竿，嘴里默念着"烟煞出"三个字，捅开两家人屋顶的几块瓦片，让耶耶的最后一口气无阻无碍地飘出去，顺利抵达他的魂魄一直静静守候的地方。意识到他们这样做的结果是什么后，奇奇"哇"地哭出声来。见他哭，二姐也跟着哭了。

"不准哭。"妈妈回身大喝一声。

二姐赶紧憋住，不哭出声来，嘴巴瘪了几下，又忍住了泪水，不让流下来。奇奇做不到，也不知道为什么妈妈不让他们哭。妈妈一把将他从耶耶的床边拉走，一直拉到屋子外面的廊檐下。

"不能哭，"出到外面，妈妈的语气一下变得柔和了，"你一哭，还把眼泪流在耶耶身上，耶耶心疼了，会舍不得走的。一个人没了气，又舍不得走，你知道会怎么样吗？"

"知道。"奇奇抽噎着说。

"真知道？"

"知道，奶奶给我说过的。"

"棺材上，也不能掉眼泪，知道吗？"

"嗯。"

妈妈回到屋子，开始与大伯、伯娘、从册、余兰，以及几个闻讯赶来的邻居分头行动，启动了耶耶的丧礼。黑色的沙树棺材，从伙房的楼上抬到堂屋里，盖板取下，翻转过来，下面垫上四块砖头；又将耶耶从床上，搬移到盖板上，抻抻展展地仰躺着。从册很快用柔软的白色纸钱做好一条望丧钱，挂到奇奇家门前的一棵攀枝树树丫上。风吹，钱动，忽忽悠悠的。耶耶死亡的信息，不只自家人知道，连散落各处的村里人、飞翔在天上的鸟儿，以及二塘河谷所有的花花草草也知道。

"妈妈叫你。"二姐走出来说。

奇奇跟着二姐回到家里，妈妈让他俩蹲在耶耶身边，按照她的吩咐，二姐掩住耶耶的眼睛，奇奇负责闭实耶耶的嘴巴。他俩都能感觉到，耶耶身体的最后一丝温热，从他们的手心里渐渐消失。只有他们捂住的皮肉还是热的，但这也不是耶耶的温度。妈妈从百忙中走过来，拉开他俩的手一看，说：

"可以了，你们把衣服反穿过来。"

二人又按妈妈的吩咐做了，不知道谁，麻利地在他俩的腰上系上一根麻线，另一个人递给奇奇一根青绿的竹子，顶部还带着枝丫与叶片，枝丫上，已经系上了一条长长的毛边白纸,这是引魂幡。奇奇接过来,往棺材底下一看,一盆净水上,用筷子搭着一座小桥,桥上放着耶耶的一双白边鞋,还点着一盏清油长明灯。妈妈又走过来,让奇奇跪在棺材头,扛着引魂幡,为耶耶烧落气钱,钱重三斤六两,一张也不能少。烧的时候,引魂幡不能倒,长明灯也不能熄——整个丧礼过程中都得如此,得让耶耶的灵魂于幽暗与混乱中,找得着方向,看得清路径,遇到麻烦了,手里有钱,四处打点,顺利过江而去。棺材里很快又铺上了白纸,穿了几层干净衣服的耶耶才被抬起来,装进去。家里还请来了道士先生,随后的七天里,每天早中晚,给耶耶念三堂度化经文。

每一次,奇奇都要扛着引魂幡,走在前面,带着一帮比耶耶辈分小的家族男女,包括二姐、从册几兄弟、余兰和她的两个孩子,以及姨妈、舅舅、姑姑家的子女等,围着耶耶的棺材,躬着身子,碎步绕行,给耶耶胆量,壮耶耶声势,帮助他顺利经过穿洞里面的一个又一个关卡。到了晚上,所有人都离开后,作为家里的男丁,奇奇还得垫一张稻草席子,在棺材边铺床陪着耶耶。路远,天黑,不能留耶耶一人独行。

到了最后一天,道士先生还要给耶耶唱一首收脚印的歌曲:

走出贵阳文昌阁,
转个弯弯中渡河;
要吃凉水昌沙井,
云关坡上好歇脚。

鱼梁河边爬陡坡,
白沙坡边绕弯过;
咬牙爬上大关口,
不觉来到江西坡。

想打铁钉永乐堡,
三朋四友兄弟多;
羊角桥过又爬坡,
宫家门口好吃喝。

猫场坝坝借个火,
点起灯笼照路过;
高里木寨大一哨,
回音留在龙昌坡。

谷龙二司两条河,

太子山上洗三坡；
要吃凉水一碗井，
新坎后在山坡脚。

倒马坎来洗马河，
永乐皇帝一人凿；
马蹄深陷掉落掌，
燕子衔泥是落双。

大小花京弯路多，
煤炭出在烟灯坡；
台上坐在坳坳上，
下去就是哨脚坡。

水牛滚到犀牛塘，
大路平平到鼠场；
刚过鼠场又爬坡，
抬头望到大麻窝。

　　歌里唱到几十个地名，不管耶耶走过的、没走过的，道士先生都唱，要把耶耶留在世上的脚印，全收起来。

出殡那天，凌晨四五点，村里的青壮年男子都赶来，把耶耶的棺材从堂屋悄悄抬到门前的院坝里，以免棺材里的耶耶发现，自己已经离开了家门，将从阳宅转到阴宅。从册带上扛着引魂幡的奇奇，到村里许多人家门前，磕一个响头，隔着门对邻居交代一句"亡灵经过，生魂回避"。回到家里，又得趁天没亮之前，还是那帮人帮忙，把耶耶的棺材轮番换着人，从家里一口气抬到山上的墓穴。中途不能放下，不给耶耶任何机会和时间徘徊、犹豫，不愿意走。他躺在里面，稍动一点心思，棺木都会陡然沉重。抬棺人便会大声吆喝，走在最前面的奇奇及其他晚辈听见了，得赶紧跪下，带着愧疚，给耶耶磕头。凡棺材经过的地方，奇奇和二姐一路撒着买路钱，希望所有的游魂，都因此得利并网开一面。

耶耶的阴宅在沙树林边，奇奇家一块空地里。地是三公公选的，耶耶还在六盘水的医院治疗时，大伯受妈妈委托，已经去咨询过了。墓穴早已挖好，具体的方位、朝向、埋葬时间，交给道士先生去处理。抬棺队伍到达后，道士拿着罗盘，东西南北看一遍，还让奇奇给耶耶周围的每一个邻居烧一份纸钱，顺便把耶耶介绍给他们，方便相处、玩乐，大家都不寂寞。耶耶的墓穴尾部，对着一个长满了梨树、苹果树、核桃树和攀枝树的土塬，树荫里又掩映着几户人家。徐文老师家，就位于这个塬上。估计这会儿，他正蹲在门前的某一棵树下，抽着旱烟，目不转睛地看着奇奇他们。

卜算好的时间一到，大家便齐心协力，用粗粗的绳索两边担着，小心翼翼地把耶耶的棺材下放到一米多深的墓穴里。丧礼的管事先生谢友军和另一个男人，每人伸出一只粗壮的大手，从墓穴的两边拉着奇奇，几乎是提着他，轻轻放在耶耶的棺材上站着。

"跪下。"谢友军冷冰冰地说。

奇奇立即跪下。

"磕头。"谢友军又说，"三个。"

奇奇立即弯曲腰背，头"咚咚咚"地在耶耶的棺材上磕了三下。他额头触碰着的地方，也是仰躺在棺材里耶耶头部枕着瓦片的地方。奇奇有些慌神，用手撑住漆黑的棺材，打着趔趄站了起来。他的目光掠过村里几户人家的青瓦，掠过二塘坝子，掠过二塘集市对面低矮的烟堆山，于冬日朝阳下、群山夹缝里，看到一道高高隆起的平整的山崖。有人问道士先生，三公公选的地方怎么样，道士指一下后面的土塬，又指一下远处的山崖，说：

"背有靠山，前有平台，真是好地方。跟你们讲太玄乎的，你们也听不懂。"

"是的，是的。"好几个抬棺人，包括跟着去的大伯，都谦卑地连声附和。

"尤其前面的台子——好，"道士先生继续用手指着，待别人都往他指的方向看了，又说，"有了平台，你建高房大屋，才有地势，你搭台唱戏，才有空间。你们说是不是？"

"是，是，是。"他身边的人又一叠声地说。

所有跟耶耶八字相冲的人都回避了，留下的十几个，有的开始往墓穴里撒纸钱，还有的用铁锹铲着黄土，等着奇奇完成后续的仪式。谢友军让依然站在棺材上的奇奇反弓着手，往后掀起自己的两个衣角，让衣服形成一个浅兜。还没等他继续交代，离奇奇最近的一个人，立即将一锹土，倒进浅兜里，让奇奇好好背着。

"喊。"谢友军对奇奇说。

奇奇看着他，有点不明白，他想让自己喊些什么。

"你就喊：耶耶，我背泥巴来埋你了。"

奇奇脸上火烧火燎的，眼泪也差点掉下来，可他得好好忍住。妈妈说过，再怎么伤心，都不能将眼泪流在棺材上的，耶耶会心疼，会难过，会不安心，会舍不得走。他要不走，便会成为孤魂，永远都不可能投胎转世了。奇奇继续忍着,一股气从小腹窜起,幽幽的经过胸腔,涌过喉咙,在他口里,冲出来两个飘飘忽忽的字。

"耶耶……"声音很轻,大概只有奇奇自己才能听见。

"大声点儿。"谢友军似乎不耐烦了。

"耶耶。"奇奇又把声量提高一点。

"再大声点,"谢友军又说,"喊,你要喊啊,让他听得见。没吃饭啊,是不是,兄弟?"

"耶耶……"奇奇扯着喉咙,用尽所有力气,喊出声来。

"我背泥巴来埋你了。"谢友军继续教他。

"我背泥巴来埋你了。"

话喊出口,奇奇觉得自己的整个身体都轻了许多,要不是背上还背着一铲土,身子都会飘飞起来。

"撒土。"谢友军说。

奇奇慢慢放开衣角,从耶耶的棺材头,走到棺材尾,将背上的泥土,均匀地撒在棺材上。上面的人,一边又伸进来一只手,稍一用力,将他提出墓穴。回头看,所有铁锹都在挥动,不停往耶耶的墓穴里铲着黄土。奇奇走到一边去,在自家的地角蹲了下来。别人家的庄稼早已收完,播种下的小麦泛着青青的秧苗,疏密有致,一行一行的,从地的这一头延伸到那一头,又从这块地,延伸到那块地。只有他们家的这块地,因为要埋耶耶,收割完玉米后,一直空置着,连干枯发白的玉米秆,都还在冬月萧瑟的寒风中挺立着。想着这些,他的眼泪这才流了出来。奇奇吸着鼻子,从地里捡起一个僵硬的土块,用手捏捏,又捏捏,感觉到一丝凉气从掌心钻进了自己的皮肉中血管里。于是他扯开架势,使劲将土块扔了出去。土块掉落的地方,是大伯已经泛青的麦地,地的东南角埋葬着奶奶,以及村里几个多年前去世的老人。从他们的坟堂里,叽叽喳喳飞出来几只麻雀,它们相互追逐着,在坟堂上空盘旋一圈,又斜着身子,在奇奇家地里,在埋葬耶耶的人群顶上,飞了一圈,这才向着远方飞去,变成几个小黑点,消失在一块厚重的镶着金边的云朵下面。

等奇奇回过神来,墓穴已然消失,耶耶和棺材也跟着消失了。地上隆起来一个大大的蝌蚪形状的土堆,还有人不知从什么地方,挖来一丛看着已经干枯发黄的狗尾巴草,刺拉拉地种在耶耶坟头上。他站在坟头,让人递给他几铲子土,掩埋住狗尾巴草的根部,又绕着狗尾巴草走一圈,倒腾着两个脚板,把土踩紧实了,笑着对下面的人说:

"过几天,风一吹,它就青油油地长出来了。"

奇奇想,这个人说的意思是,春天来了,一切都会好起来的。妈妈没在现场，听不见送葬人说的话，可她的心里，应该也是这么想的吧。

四十七

村里每一户人家，周边村子沾亲带故的人家，都会来吃耶耶的丧宴，送礼金，少的一块两块，也有给十块二十块的，加起来，都快两千块了。所有人都离开后，妈妈带着二姐和奇奇，围坐火盘边，让二姐将记账本从头到尾念一遍给她听。念完了，又让二姐对着账本点一遍收到的金额。妈妈不是要对数，她不在乎多了还是少了，她是在心里盘算，这些钱本着先急后缓的原则，先还哪些人家，后还哪些人家，也包括交那一千元的罚款。这点儿钱说起来，还不够还奇奇家为给耶耶治病所欠下的债，妈妈的意思是，盘算一番，看怎么留下一点儿，继续过接下来的日子。

第二天就是周日，依然是冬日里的好天气，也是二塘的赶集日。妈妈收拾一番——净脸、梳头，衣服穿整齐了，奇奇和二姐也一样，三人出村口，过省道，又沿着水大铁路，一直走到二塘集市上。给耶耶办葬礼置下的食物，够一家人吃一阵子的。妈妈不买食物，她先给二姐和奇奇每人买了一身衣服。二姐的是一条黑色的健美裤，一件粉底上布满水红碎花的棉毛衫；奇奇的是一身军绿色劳动布衣服。他俩当下在集市边一个厕所里换下旧衣服，穿上新衣服。跟着妈妈，又去到集市另一边一个小树林里，买了两头小猪，是猪贩子从四川重庆[①]用解放牌大卡车拖过来的。小猪重十来斤，看着都一样大，白毛、红皮、粉耳，身体颀长，眼睛清亮，乖得都不会哼哼。妈妈用一个背箩背着两头小猪，带着二姐和奇奇，又一路沿着铁路、公路往家里走。过了芭蕉坎及二塘火车站，快走到余兰家屋子后时，妈妈对十二岁的二姐和十岁的奇奇说："你们姐弟俩，一人喂一头。"

"明年过年，一头我们自己吃，一头拉去卖。"妈妈又说。

"卖猪的钱，我们再买一头小猪，另买一头小牛。"妈妈接着说。

"卖物不富，置物不穷。以后，我们家还会有好日子过的。"妈妈继续说。

妈妈只会写自己的名字，时不时也会从嘴里冒出一句

[①] 此时重庆还不是直辖市。

文绉绉的却有着朴素道理的话来,这都是耶耶教给她的。耶耶不在了,他的话语留了下来;耶耶不在了,过去和未来的时间里,都会塌陷出一个个空洞。只要一想念他,这些空洞又会洇着妈妈、二姐和奇奇的泪水,变得潮乎乎的,繁殖出一片又一片过江草来。这样的过江草,又会包含着许多新的秘密,不过,只有故去的人才能听懂。在沙坪地薅玉米那一次,喝过甜酒的耶耶还靠着垂杨柳说过"所有事情,好的,坏的,二塘河谷都在酝酿"。这一件发生了,那一件也会发生。奇奇会长大,跟村里打过架的孩子、每一个有恩怨的人,一起长大,他们会成为朋友,成为一生的伙伴。奇奇还会像从册一样,娶到一个自己喜欢的女人,在二塘河谷成立自己的家庭。耶耶最后还说,没有什么沟是跨不过去的,也没什么坎是爬不上去的。过去的,已然注定;未来的,自会发生。一切的一切,都不可避免。这么一想,奇奇又有些想哭了,可哪一个孩子,会穿着新衣服哭泣呢?

鱼变

"这条鱼要继续好生养着。"三公公说。

"为什么？"舅外婆赶紧问。

"不为什么，"或许是为了给舅外婆点儿信心和鼓励，三公公说，"这条鱼活着，只要不放弃，总还是有点儿办法的。"

"什么办法？"舅外婆又赶紧问。

"好好养着它，就是最好的办法。"三公公有点儿不耐烦了。

其他人说什么，我都是不信的，三公公就不一样。他跟我们所有人都不一样。他白头发、白胡子，还都像麻线一样粗硬。眼睛细小，眼皮还是绿的——用牛眼泪浸泡的过江草叶片长期粘贴出来的——据说能看到我们看不到的东西。三公公终年穿藏青色对襟长衫、千层底棉布白边鞋，人瘦得像个骨架子，乡野田间晃眼看到，谁都会以为是个吓鸟雀的稻草人。他手拿一根带铁刺的乌木烟杆当拐杖，在穿山过岗的风里一飘一飘的。至于多少岁，二塘河谷没有一个人知道。即将过七十寿辰的舅外公岳父说，他自己像我这样还是个小孩家家时，三公公便是这副模样了。当然，岁数大说明不了什么，关键是他有一身能通天地的本领，这也是无人不知无人不晓的。

大前年，茶山小学副校长刘胜学的老婆产后整个人性情大变，可以十天半个月都不睡觉，也不怎么吃东西，又闷闷不乐了十几天，便开始说胡话，说她死去多年的母亲也想看看大外孙长什么样。家里人以为她也就这么说说而已，哪知一错眼，她便用一个背衫，把孩子背到母亲的坟堂，放在墓碑底下赤身裸体地躺着。家里人把她和婴儿带回来后，她更不高兴了，开始寻死觅活，不是上吊就是跳河。不得已，便用一根绳子把她捆在床上。还有我们大队会计，他去县里开会，认识了另一个大队也是来开会的女人，便跟人家好上了，三天两头跑山上去约会。当年他很穷，就是能写会画这一点很讨人喜欢，他老婆这才违背父母意愿嫁给他的。这下子还了得，几个舅子来到家里把他痛打一顿。在床上躺了两个月后，他开始装疯卖傻，也跳河，但他会游泳，怎么也淹不死，在水里漂着，扑腾得累了，又自己爬上来，往坟堂里跑，自己抓泥巴，把嘴巴鼻子都堵起来。家里人也是用绳子把他捆在床上。县里、市里的医院开的药都无济于事，最后还是三公公出马，各开了几服药，也都是寻常在坟堂边、山坳里挖来的，撬开他们的嘴灌下去。不出两个月，人就正常了。但在村里人眼里，那些草药不是驱魔散就是还魂丹，是在这个世界的任何地方、任何医院都买不到的。或者说，也只有三公公这种神通广大的人才熬制得出来。不然我也不会建议舅外婆，让她想办法把三公公请到家里来。这种问题，市里和乡卫生院的医生解决不了，茶山小学的徐文老师更不用说了，他们光会说话吓唬人。

"拖不了几天的，"徐文说，"还是要尽早准备。"

"准备什么？"我挨在他身边问。

"你还小，"徐文在我头上摸一下，说，"再读几年书，你就会懂的。"

我有什么不懂的呢？准备舅外公的后事呗。三公公让我好生养着那条鱼，为的不就是让此事晚一点儿发生吗？舅外公住院那阵子，舅外婆和我两个人给他看家。舅外婆忙进忙出，没多少时间理我，我就跟那条鱼玩。它装在一个石灰砂浆做的、直径和深度都有半米多的柱形水缸里，身条比我小腿还粗，嘴巴张开，都能把我的小手放进去，但我又不敢，怕被它嘴里两排尖锐的细牙咬着。它头大嘴宽，身体修长，凡能看到的地方都是青灰色的，腹部又长着暗绿色斑点花纹。舅外公没事便支使我去菜地挖蚯蚓给他钓鱼用，二塘河里最常见的罗非、山鲇、猪麻锯、川白条，还有横纹条鳅，最大的也不过三四斤，像这样十来斤的，见所未见。好在它虽模样看着凶狠，性情却十分温顺。一天的大多数时候，它都待在缸底一动不动，几乎跟缸壁的青绿色苔藓融为一体，剪刀样的尾巴偶尔轻摆一下，让人知道它还活着。

　　因为忙，也因为它的无声无息，自把它丢在缸里，个把月来，大人们几乎忘了它的存在，偶尔从缸边经过，错眼瞅一下，它无踪无迹的，还以为它早死得连骨头都化成水，溶解在这口早就闲置不用的水缸里了。我原本都不知道它的存在，是大人们把它丢弃在这个水缸里的。中午我和舅外婆烤乌土豆当主食吃，两个人的手都黑黢黢的，先后去水缸里洗手。舅外婆洗完又回火盘边收拾碗筷，我的手刚伸进缸里撩拨几下，一道暗影从水底凫上来，吓我一个激灵，人往后退了好几步，既而又看到它扇子样的背鳍和两只圆圆的大眼睛，心里才明白过来是怎么回事。

　　"舅外婆，"我喊一声，"缸里有一条鱼。"

　　"那条鱼还没死啊，"舅外婆回应我说，"哪天我们两个把它吃了。"

　　"瘦俏俏的，"我说，"看着没什么肉。"

　　"你找点儿东西给它吃吧，先把它养肥。"

　　听到我喊，它也吓一跳，快速沉到水底。想到火盘上还有几个没吃完的烤土豆，我小跑着取回一个，掰成几瓣丢进缸里。等不到土豆沉底，它便翻卷着身子和水花，几口把土豆吃完，又快速浮出水面，眼巴巴看着我。它的眼珠子像村里男孩子玩的玻璃球那么大，从上颚骨凸出来，一圈晶莹的液体环绕着一个黑黑的会转动的圆点。每转一下，一抹灵动的金色波光在内核闪现，忽而一下，忽而又一下。我即刻明白过来，它这是还要吃呢。索性把我和舅外婆吃不完的土豆全拿来，掰开丢进水缸里。它也一股脑儿全吃完，在缸里翻滚出更大的水花来。此后，我吃什么，便给它吃什么，土豆——这是它的主食——玉米、米饭、面条，还有我不喜欢的肥猪肉，它也吃得香喷喷的。再不济，给猪准备的、刚出锅的野菜玉米面糊糊，挖一勺进去，它也吸溜着吃得干干净净，还把自己的嘴巴烫出一个小豁口来，右边的一根胡须也烫断了半截。再见到我时，它就敢眼瞅着我，跟我对视了，那神情，似乎有话要跟我说一样。

"你想说什么呀？"我又走近了一点儿，身子几乎靠在缸沿上。

"咕——"缸里传出来一声细细的响动。

"你说什么啊？"我的身子往缸里探去，它却挺着身子，让青灰的背在水里拱一下，又拱一下，便快速消失在水缸里。

我把这事告诉当时正在家里为舅外公的医药费伤神的舅外婆、姨妈、舅外婆的父母，他们没一个人相信，或者说，根本没有心思听一个五六岁的孩子说话。徐文老师背着药箱来家里那一晚，舅外婆提议说杀鱼给他们吃时，我又在火炉边把这事说一遍。大家一笑了之，舅外婆还恶狠狠剜我一眼，转身又哭丧着脸看着徐文。徐文在茶山小学教语文，没事翻看一本连封皮都没有的医书，还学着三公公的样子，去乌蒙山里挖草药，卖给这个，卖给那个。也没听说他治好过哪个人，但他也像乡卫生院的胡顺学医生一样，背着一个正面带红十字的棕褐色皮箱，到处给人看病。

　　胡顺学跟舅外公是表亲，他跟着磷肥厂的吉普车帮忙把肚子上插着一根排尿管的舅外公从六盘水的大医院接回家，安顿在火炉边一张木床上，亲手将一床带牡丹花图案的薄被子盖在他的身上。舅外公闭眼躺着，一动不动。从车上到床上，几个人又背又抱又抬，他身子木僵僵的，大气都不出一下。我一度以为躺在床上的人不是他，是舅外婆他们不知从哪里突然搬来个死人躺在家里呢。一二十天不见，他身上掉下去一层肉，外面那层皮子，包括眼袋，往下耷拉着，髋骨又往上撑，要从灰暗的皮层里突出来，乌黑的眼窝越发地深了。两只似睁似闭的眼睛，裹上一层灰白的近似果冻的蒙皮，让他的表情看起来像个计谋得逞后带着笑意假寐的孩子。我趁混乱的场面，把手轻搭在他手腕上，感觉他的皮肉冷冰冰的，不只是冒着寒气，还有一股往内吸的引力,将我身子里的温热汲取到他血脉里。

　　舅外婆看到了,也不恼。换作几个月前,她早抽我耳刮子,把我赶出门去了。看她热热的眼风,似乎有话想跟我说,但胡顺学医生正抽身往外走,她只得亦步亦趋跟着,送他到天井里。她留他吃饭,他说不了,院里还有几个病人等着,耽误不得。她便赶紧问,要不要给舅外公也开一点儿消炎药、止疼药。

　　"他要知道疼,"胡顺学说,"就不会躺在那里一动不动了。"

　　"他这得躺多久呢?"她明知故问。

　　"市里医生都不知道,我哪里知道呢?"

　　"那就让他这样躺着?"

　　"听医生的,多让小孩陪他说话,"胡顺学继而一本正经地说,"你也可以把他叫醒,继续吵架。"

　　"你也把我当成不讲理的人了?"

　　"好赖话都听不懂了,"胡顺学说,"你这是?"

　　"听得懂,"舅外婆说,"还有什么要交代的?"

　　"过几天就提醒我一次,给他换尿管,还要经常给他翻身、擦洗和按摩。营养供给也是不能断的,煲肉汤和流食,往他喉咙里灌,能灌多少是多少。"略作沉思,胡顺学又说,"你找找徐文,让他抓点儿中药,每天也灌一点儿。"

出门送走胡顺学，舅外婆站在路边，喊住一个刚好经过的茶山村村民，让他给徐文老师捎几句话。当天傍晚，外公、外婆、舅外婆的父母，几个人割腊肉、削土豆、熬酸菜，准备着晚饭，刘胜学带着背着皮革药箱的徐文老师来到舅外婆家里。他俩围拢在舅外公床边，关切地向舅外婆问这问那，知晓个大概，才围坐火炉边，继续七嘴八舌地聊着。徐文老师一脸雀斑，眼睛很大，眼珠子像玻璃球，有一种深邃的蓝。他紧挨着舅外公的床坐着，顺手便把舅外公手腕从被子里拉出来，帮他把会儿脉，还不忘扒拉开舅外公眼皮，看他的瞳仁。发现舅外公眼珠子灰蒙蒙的，他立刻神色凝重起来，又再次起身，为舅外公靠墙的那只手把脉。

"没有脉象，"徐文老师说，"他没有脉象。"

"死了——"紧挨着他坐的舅外公岳父突然跳起来。

"没有，没有。"徐文老师赶紧说，"但怕也挨不了多久了。"

舅外婆刚好淘上半锅米端着进门，听了这话，一腔一板地说："徐老师，死马当活马医吧。请你来，是想请你帮忙抓点儿中药，我每天给他灌一点儿呢。"

"不如去请三公公吧！"我突然接话说。原来舅外公躺在那儿一动不动,是在等死。要说谁还能救他一命,在我们二塘河谷,除三公公,再没人有这样的本领了。

"三公公也不是什么人都能救的,不然二塘河谷就不会有人死了。"舅外婆说。

"不请怎么知道。"我说。

"刘老师,"舅外婆父亲带着好奇问,"三公公给你老婆吃的,真就是普通草药?看着黑乎乎的。"

"他说是草药,是不是草药,我们也不知道,"面色一贯沉郁的刘胜学老师嘴一撇,挤着笑说,"闻着臭烘烘的。"

"吃了就好了?"

"嗯——"关于这事,谁都看得出来,刘老师半句也不想多谈。

"该吃药吃药,该打针打针,"舅外婆父亲说,"该请三公公还请。"

"三公公出远门了,"每天去学校都要途经三公公门前的徐文老师说,"被云南腾冲一户人家请去看坟地了,估计三两个月才能回来。"言毕,眼看也没什么事了,徐老师和刘老师一起起身,准备回去。舅外婆竭力挽留,她走到墙角的餐桌案板上,操起一把菜刀说:

"人多,我正好把那条鱼杀了,大家一起吃。"

徐老师和刘老师都说，他们是在家里吃过晚饭才过来的，今天舅外公刚从医院回来，家里事多，他们就不打扰了。舅外婆父亲把两个老师送到院墙外的大路上，他一回家便把老脸拉长，对舅外婆说：

"不要动不动就说杀说吃的，那条鱼救过他的命，你不知道？就让它在那个缸里养着，能养多久养多久，连条鱼都有人性，我们就更得知恩图报了。"

这样一说，此后再没有人打过那条鱼的主意。算是舅外公的岳父救了那条鱼的命，而那条鱼又救了舅外公的命。要想说清楚这件事，我又得先把另一件事说清楚了。舅外公全名薛堡堡，也是茶山小学的老师，教数学，人长得身宽体阔脑袋大，走路哼哧哼哧的，看着有些傻气，其实心眼很多。他最喜欢喝酒和钓鱼，走到哪里都一身酒气，眼角的白眼屎怎么也擦不净。他家属于新合村，房子紧挨磷肥厂的水磅房。舅外婆姓谢，叫谢水花，也是新合村的，娘家在新合小学后面。他们结婚六年了，没一个属于自己的孩子，准确点儿说，没一个两人共育的孩子。

舅外公教书，每月多少有点儿收入。水果成熟的季节，他又走村过乡，贩卖苹果、梨子和核桃。他还跟徐文老师一样自学成才，会帮牲畜打针，算半个兽医。收购或贩卖水果路上，他都带着针水，谁家猪、牛、马、羊病了，也帮忙打一针。所有这些营生的收入，舅外婆一分没花着。他还背着舅外婆，找梅花乡的一个女人生了一个女儿，五岁多了，舅外婆才知道。孩子没跟着梅花乡的女人，也没跟着舅外公，出生之后，一直寄养在河对面舅外公姐姐家里。这事给舅外公带来的各种麻烦，也是他姐姐从中撮合解决的。他们家三代单传，舅外公姐姐似乎比他更害怕家门绝后，再无子嗣。

舅外公姐姐对外说，孩子是自己女儿的，放在他们家躲计划生育。说起来也是亲戚，舅外公和舅外婆经常来姐姐家，都会给孩子带点零食，或买一套新衣服。偶尔姐姐说自己忙不过来，看舅外婆经常一个人在家闲着无聊，干脆让她帮忙带带，和她做伴。那孩子长得水灵灵的，大眼睛，白皮肤，只要一跟人的眼睛对视，必然会憨憨地笑出声来，让人心头莫名一热。舅外婆乐滋滋答应了，让舅外公领回来，放在身边，下地干活或去新合街上卖木瓜凉粉都带着，又是背、又是抱、又是亲的。一个上点儿年纪的陌生男人背着背箩从她门前走过，问她孩子是不是她家的，她说不是。问的人就笑了，说：

"你这个人啊，也是个傻子。别人把你卖了，你还帮着数钱。"

这个男人也是梅花乡的，家在山王庙那边，海拔两千五百米左右。一年中有半年的时间，种满水稻和小麦的二塘河谷鸟语花香，阳光灿烂，抬头看，山王庙云遮雾绕，时不时还会下一场雪。舅外公去他家收购核桃时，见他家院坝里的核桃树下用绳子拴着的耕牛黄皮寡瘦的，牛毛又稀又糙，肚子上的肋骨条条可见，对他说，他家的牛肠胃不好，喂再好，吃什么，都吸收不了营养，让他打几针，最近都别让它耕地，调养三两月，自然就好了。最重要的是，这头耕牛怀孕了，身子调理不好，生下来的牛犊都养不活。

此人信了舅外公，让媳妇烧水给他煮针头，还为他打下手，牵着牛鼻绳，安抚牛的情绪，让舅外公在牛脖子打上一针。时间不早了，他还留舅外公吃午饭。舅外公又开始贪杯，吃的下酒菜又咸，中途走出来，在他们家屋檐下用水瓢大口喝水，见到耕牛躺在核桃树下，四蹄乱蹬，不停抽搐，嘴里还吐出白沫。心知用错药物，大事不妙，舅外公不敢回去继续吃饭，背着收购的半背篓核桃跑了。这人不知舅外公家在哪里，只知他酒后自称是茶山小学的老师，跑来学校几次，跟他吵，跟他闹，要赔钱。了解情况的徐文、刘胜学老师等，也觉得错在舅外公，应该赔钱。他这才软和态度，答应下来，好几个月过去了，却一分钱也不给，赖账意思非常明显。此人才想出这个办法对付舅外公。

其实这事，山王庙及舅外公姐姐所在的茶山村，很多人都知道，没事了喜欢聚在水井边的打谷场，拿这事嚼舌根。他们口口相传的，却又是两个完全不同的版本。有人说，舅外公是花了一笔钱，跟一对中年夫妇借腹生子。也有人说，他是用坑蒙拐骗的手段，有时还要辅以蛮力，在荒山野岭占有了一个黄花大闺女的身子。后一种说法比较可信，准确点儿说，被他白白糟蹋身子的，并非什么黄花大闺女，而是一个长得还算清秀的哑巴，快三十岁了还没嫁出去。她的智商还不及一个三岁的孩子，见到谁都喜欢笑，嘴巴秃噜半天，发出的只是舌头在口腔搅拌的声音，亲生父母也得靠猜才能明白。

她甚至连自己是个女人都不知道，不梳头发不洗脸，口水一溜一溜淌在蓝布碎花上衣上，在前襟浸出一个个不规则花斑来；还不会系裤带，上完厕所胡乱扎一下，裤子老往下掉，家里人或村里成年人看到，便会帮她系一下。最怕的是月事来了，汹涌的血液会把她吓得手足无措，红着屁股，嘤嘤地哭。她是一个人在村外后山蕨苞谷时被舅外公白白糟蹋了的，且不止一次，每次送一袋糖果或一包饼干就能得逞。家里人一开始以为是吃胖了，发现情况不对时，肚子都大得圆滚滚的了。

真是狗急跳墙，耗子急了咬人。舅外公想孩子想疯了，这几年，没少跟舅外婆吵、跟舅外婆闹，架也不知道打过多少回，想跟舅外婆离婚。生不出孩子，责任在舅外婆，可她死也不肯答应。舅外公想了折中的办法，让舅外婆同意他在外面另找一个女人，帮自己生一个孩子。外面找的女人，不会进门，生下的孩子，却是要带回家来养的。天下就没这样的事情，舅外婆更不答应了，再说，哪里去找这么傻的女人啊。巧不巧，舅外公竟然撞上了。知道人家怀孕了，他让姐姐带着自己辛辛苦苦挣来的两千块钱，去到那户人家，要求女子父母别带到医院引产，足月生下来，送给他，他来养。两千块钱，就送给人家。为证明诚意，先交一千块的定金。人穷志短，女子父母还见钱眼开，明知道是舅外公造的孽，却也同意了。

舅外婆那个气啊，简直不打一处来。她用菜刀把舅外公姐姐家房屋中柱、锅庄和门槛都砍烂，回家继续提着菜刀把自己家门槛也砍烂了。舅外公管不着姐姐家的门槛，也管不着自己家的。他自知理亏，舅外婆怎么骂，怎么往他脸上吐口水，都要忍着，一个人喝着闷酒默默擦去。在他心里，舅外婆这一辈子是不可能再给自己生下一儿半女的，县人民医院的医生已经断定，她的身体就没这个功能。舅外婆发火，骂人，吐口水，砍门槛，找两个弟弟来抽他的耳刮子，怎么都行，可气消了，还是得让那个女孩继续留在家里，以后给他也给舅外婆养老送终呢。本就好酒贪杯的舅外公，把酒精的作用发挥到极致，能出门躲，绝不回家，哪怕在二塘河边钓一整天的鱼。一定要回，也是在外先把自己喝醉，喝得胃糜烂，胃出血了也不怕。一醉了事，耳不听，心不烦，回到家就倒头大睡。只是没料到，持续几天的降雨后，二塘河发生了十年难遇的大洪水。

前两天，河水便溢出河道，漫进河谷中的小麦地，爬上水磴房及舅外公家水泥平房所共用的堡坎一两尺高。从他们家窗户下，像往常一样，继续浩荡地把二塘河谷淌成一片汪洋。雨势渐弱，大家以为再过一两天，洪水便会退去，又可以提着锄头，下地扶起倒伏的庄稼，恢复正常的日子。不曾想入夜后，上游的木冲沟、大湾和小湾，又持续下了几个小时的暴雨。二塘河继续上涨，刮走上一次泛滥留下的淤泥，冲毁所有庄稼，从只装了四根铁条的窗户翻进舅外公家里。

舅外婆睡在另一个房间，半夜听见水响，爬起来，手拉灯绳，没电，点燃火柴看，水已与床齐平，她的鞋子、衣服和锅碗瓢盆，都在水里漂着。还有一条青灰色大鱼，从她房间大张着嘴,游到舅外公床底去。舅外婆穿好衣服,没理那条鱼,也不管舅外公,淋着雨一路跑回地势高一点儿的娘家去。

"薛堡堡呢?"舅外婆父亲问。

"还在家里。"

"你跑出来了,他呢?"

"他自己有腿嘛,难道要我背。"话这么说,可舅外婆心里想的是,如果杀人不偿命,她早就把舅外公给杀了。这下正好,让天去收拾。

"他昨晚是不是又喝醉了?"

"好像是。"

"你看着他起来了?"

"没有。"

"菩萨,天!"舅外婆母亲说。

"人命关天啊姑娘,"老父亲说,"你气归气。"

舅外公岳父带着两个儿子急忙从家里赶来,想叫醒醉得一塌糊涂的舅外公。舅外公趴在床上,因溺水陷入深度昏迷,已经不省人事。雨势在减弱,隔墙的二塘河相对平静许多,至少不会再翻进屋里,但滞留的洪水依然把他的半个身子浸泡着。醉酒后的呕吐物连带着血丝漂浮在他脑袋周围,任那条大鱼摇着尾巴大快朵颐。按照舅外公岳父的酒后演绎，要不是它的身子时不时从舅外公脑袋下游过，背鳍将他的嘴巴、鼻子一次次顶出水面，水城县人民医院的医术再怎么高明，也不能为舅外公捡回半条命。

此后两三个月，舅外公躺在火炉边那张木板床上，靠谨遵医嘱的舅外婆和她父亲，带着舅外公和那个哑巴女人生的女孩——也就是我，我已习惯了叫他"舅外公"，现在要改口，他也听不见了——一把屎一把尿地伺候。除徐文开的中药，我们还用蔬菜、肉末和大米熬制成流食给他从嘴里灌进去。饭后又要烧温水，一点点擦拭舅外公的双手和胳膊。再换热水，给他泡脚，按摩，再握住他的手和脚，划圈，伸缩，帮他维持肌肉和关节的弹性。早晚各拍一次背，帮助他排痰，以免喉管阻塞危及生命。每两小时，舅外婆和我会给他翻一次身，避免过度压迫某一部位致生褥疮，皮肉溃烂。

做这些事情时，个头矮小、瘦骨嶙峋、下耷的眼皮薄得像一层纸的舅外婆，脸阴沉得拧得下水来。她忙进忙出的同时，嘴里不停地叽咕咒骂，骂自己，骂舅外公，也夹枪带棒骂她那个跟舅外公一样好酒贪杯的老父亲。腰背微驼的他老得只剩下一把骨头，整天灌进肚子里的酒比水还多，似乎他活着，靠的不是一日三餐的饭食，而是一杯杯五十度左右的苦荞酒。我们都没看见过他清醒时是个什么样子。眼见别人做什么，他都要大着舌头点评一番，指导几句，却从不帮忙搭手。

舅外公活蹦乱跳时，一周里总有那么两三天，无所事事的他，像三公公一样，用一根乌木烟杆抽着自种的旱烟，沐浴着高原纯净通透的阳光，身后似尾随着一溜子乌云，沿着河道旁的公路，一路走到舅外公家里来。舅外公会亲自下厨炒盘老腊肉，一个油炸土豆片，一个红豆酸菜汤，不消一会儿，各自便灌下一斤苦荞酒去。舅外公出事后，他来得更勤了，似乎舅外公那十斤装一坛的刺梨酒、杨梅酒和拐枣酒成了他一个人的，不赶紧喝下去会过期一样。每天一进院子，他先围着水缸转一圈，看看那条大多数时候都待在缸底一动不动的大鱼是否还活着，再径直走到里屋碗柜边，自顾自用茶缸倒二两酒，坐在火炉边，咂巴着嘴怡然自得地喝着，一边眼睁睁地看着舅外婆和我怎么伺候舅外公。缺少哪个环节，或什么地方做得不对，他都会赶紧提出来。他完全是把医生的话当圣旨了，坚持要把那条鱼当圣物一样养着的，也是他。舅外公还在医院ICU躺着时，医生曾当着他的面感叹说：

"太不可思议了，溺水那么长时间，还能把人救过来。"

"是一条大鱼救了他，"舅外公岳父说，"它老是把他的嘴巴鼻子拱出水面来。"

"你怎么知道？"

"我跑进门时，它正在拱他的嘴呢。"

"还有这样的事？"

"我亲眼看到的嘛！"

"什么鱼这么厉害？"医生思忖着什么，突然笑了起来，"你不会把那条鱼煮着吃了吧？"

"怎么可能，"尽管当初手忙脚乱中，他一定是出于回头把它开膛破肚吃了的心态顺手丢进水缸里，他还是说，"我们专门用一个水缸把它好好养着的。"

"那是得好好养着，"医生继续笑着顺着他说，"这样的鱼——"

也就从这时候起，舅外公岳父见人便说，是那条鱼，救了舅外公的命，连医生都说了，没有那条鱼舅外公必死无疑。说得多了，二塘河谷的许多人都知道这事。为让故事更加生动有趣，也更有说服力，他酒后兴高话多，开始添油加醋，说舅外公溺水时，三魂七魄吓了出来，身边什么活物都没有，只好钻进这条鱼的身体里。为佐证自己的说法，他还把三公公搬出来，说三公公也是这么认为的。三公公有没有说过这样的话，我和舅外婆都不知道。或许私下真跟他这样说过，也未可知。毕竟三月后的一天傍晚,三公公一从云南腾冲回来,受舅外婆所托带上一刀腊肉和两瓶苦荞烧酒去请三公公的人是他。

有日子不见,闲云野鹤般的三公公还是那个三公公,白头发,白胡子,一身藏青色对襟长衫罩住精瘦的身子,走路带风,又轻得不发出半点声响。他带着一种莫名的惆怅和身体独有的孤寂气息往火炉边一坐,绿眼皮下的眼睛掠过火盘,定睛瞅着病榻上的舅外公,半晌不说一句话。只偶尔轮一下眼珠,一道带着寒气的绿光便从眼角飘出来。

"三公公,"舅外婆一时没忍住,带着哭腔说,"你一定要救救我家薛堡堡。"

"他不是还没死吗?"三公公说。

"也快了,只一口气吊着了。"

"我能有什么办法呢,"三公公说,"市里的医生该用的药都用过了。"

面对舅外婆的眼泪,三公公也只能发出一声长长的叹息,不知叹的是自己的无能为力,还是舅外公这悲哀的人生。舅外公老老实实跟舅外婆过日子,村里人说他,你无儿无女的,活着真没意思,还到处去挣钱,为谁辛苦为谁甜啊。他在外面作孽,弄来一个孩子,村里人又说,你这人,不地道,不厚道,怎么能干出这样的事情来。等他躺在家里，没有意识，说不了话，连动也不能动，村里人又说，这样活着，还不如死了，太受罪了。

"刘老师老婆和大队会计，你不是都有办法的吗！"舅外婆说。

"说了你也不懂，"三公公说，"他们的病是在心里，薛堡堡的，是身体受到不可逆的损害。"言毕，似乎突然想起了什么，眼瞅着舅外公的岳父说，"你说的那条鱼呢？带我去看看。"

"院子里的水缸里装着的。"我接话说。

三公公一起身，火炉边的其他人也跟着起身，大家一起往院子里走。

"好大一条鱼啊，"三公公说，"难得你们有心，把它养这么好。"

来到水缸边，三公公说话的同时，从长衫袖子里掏出一块黑色的东西，用手指捻成几块，撒在水缸里。原本沉潜在水缸底的青鱼立即浮上来，张嘴吸溜几下，把那几块东西吞进肚子里。三公公又把手伸进缸里，在鱼背上捋几下，像老熟人打招呼一般，轻拍几下它的脑袋。青鱼的身子在水里浮浮沉沉，吐出来一个个晶莹剔透的泡泡。泡泡带着夕阳五彩的光斑，在缸里飘飘忽忽转圈子，随即"噗——噗——噗"裂开来，似用一种自己特有的古老语言跟三公公开展神奇的交流。

"它是不是在跟你说话，"我说，"三公公？"

"嗯，"三公公说，"它就是在跟我说话。"

"它说什么了？"

"要你好好照顾它，也照顾好你舅外公，"三公公先是看着舅外婆，继而又看着我说，"你是这样喊他的吧。"

"以前是……"我说。

"好孩子，记住我说的话了吧？"三公公说。

"我天天喂它的，"我说，"它很喜欢跟我玩。"

"你都给它吃什么啊？"

"苞谷、土豆，"我说，"它连猪食都吃。"我没敢把它还会吃猪肉的事说出来。

"这种鱼，还喜欢吃过江草，"三公公说，"你去河边采一点儿丢在缸里。它有个头疼脑热什么的，自己吃几片草叶子就会好的。"

"鱼也会生病？"我问。

"什么都会生病，生病了就要吃药。"三公公说。

"那你以后就负责养这条鱼吧，"舅外婆无奈地说，"它要有个三长两短，看我不收拾你。"

三公公来了，三公公走了，他似乎说了什么，又似乎什么都没说，但一来一去，让舅外公岳父更加确定，这条鱼就是舅外公的命根子了，必须好好养着。他继续添油加醋地到处给人说，让大家都意识到，这条鱼活着，等于舅外公也能活着。到后来不只是二塘河谷的人，甚至那些海拔较高的山民也对此津津乐道。寻常日子，一些路过的熟人会推门进来，看看舅外公，也顺道看看那条鱼。逢赶集天，从山里下来的陌生人，也会闷头闷脑走进来，围着水缸转圈子，问我一些稀奇古怪的问题，但我一概回答说不知道。大多数时候，不管来的是谁，那条鱼都不管不顾，若一道暗影待在青绿的缸底，一动不动。若舅外公岳父正好在场，难免要跟人解释一番，说那条鱼吃饱了就是这样，呆头呆脑的。得饿它一阵子，才会生龙活虎地在缸里扑腾。它还会"啊啊啊"地叫呢，跟孩子找大人要吃的是一样的。听着有些吓人，但也挺有意思的。听到的人，难免会发出不置可否的惊叹，又看几眼那条大鱼，扭头走出院子。我把这告诉了舅外婆，她说，它想怎么折腾都可以，不要来烦她就行。或许她跟我一样，关心的是另一件事情吧。在我们看来，唯一能确定的是，连三公公都没有办法，那就真的没有办法了。

我们只得继续给舅外公灌药、灌食物、按摩和翻身。这些都还好说，最怕的便是给舅外公排便了。他的小便可以通过尿管排出，火炉边的任何人，都能帮他随时清空尿袋。每两天或三天，我们又得帮助他排一次大便，得先将甘油注入他的体内，再按揉腹部，如果还不见效，舅外婆就得哭丧着脸，戴上手套，把手伸进他的肛门抠出粪便，让我用蓝色的便盆装着，倒到院墙外的麦地里。家里断了经济来源，也让她恼火不已。此前，她只会在盛夏时节做点晶莹剔透的木瓜凉粉，装在一个铝锅里，端着去到新合街上的龙威铁厂大门边卖给工人消暑解渴。现在只得扩大经营范围，当作长期的营生，卖上了米凉粉、荞麦凉粉和豌豆凉粉，因而疏于照看舅外公，被她老父亲一再数落。舅外婆的眼里杀气腾腾，却不还嘴，也不像往常那样骂我几句解气。她在院子里的灶台边捡一块断砖头，猛地砸进水缸里。还有一次，夜里做米凉粉时打瞌睡，手腕被开水烫掉一块皮，她也拿那条鱼撒气，二话不说，抢过她父亲嘴下几口苦荞酒，一下子全倒进水缸里，让那条鱼兴奋异常地翻卷了一夜的水花。

日子在这样的磕磕绊绊中，又过去了两三个月。冬天先在山王庙的山坳里裹上一层雪，寒气也随之铺展到我们二塘河谷的麦田里来。正当我和舅外公岳父思考着是不是把水缸转移到堂屋里去时，另一件事情便猝不及防地发生了。那一天，大中午的，就我一个人在里屋火炉边守着舅外公，突然听到院门吱嘎一声响，等上一会儿，未见到有人推开伙房门走进来。我以为又是一个慕名来看鱼的，没有去理睬。只听得来人停留在了院子里，徘徊出一阵细碎的脚步声。随后，我便听到水缸里的大鱼开始挣扎着翻腾，还有水不停泼洒在地面的声音。我急忙推门一看，院子里站着一个背着背篓的老人。他穿一身带有补丁的蓝色劳动布衣裤，腰带里别一把锋利的柴刀，年纪在六十开外。他沟渠纵横的脸蜡黄又憔悴，成饼成块的头发似乎是横着生长，看起来刺拉拉的。他都不放下背篓，佝身两手往水里一捞，右手抓嘴扣鳃，左手捏紧尾巴，反手往后一抛，那条大鱼在空中画出一条弧线，跌落在他身后的背篓里。见我出来，他一愣神，丢给我一句话，便开门匆忙跑了出去。他说：

"你家大人害死了我家的耕牛，那是我们家过日子的命根子，他没钱赔，那我就要用这条鱼，用他的命根子赔。"

我被他这个人以及他的举动都吓了一跳，一时不知道该说点什么。只得开门出去，勉强尾随在他身后百十米远的地方，往山王庙的方向跑。两人一前一后跑过了修配厂，跑过了二塘河上的格扭大桥，一直来到果花村村口那条小溪边。一路上，他身后的背篓都在剧烈抖动着，一定是那条鱼离水缺氧了,在不停挣扎。隐隐约约,我的耳畔还缥缈着一声声近似婴孩的呜咽,"咕——哇——呜——哇——",似夜晚饿了几天肚子的猫头鹰叫声,声音不大,但一声比一声叫得凄厉。

"我舅外公变成鱼了,"我学着舅外公岳父的口吻喊,"离开水他就会死的。"

这叫声,背背箩的老人比我听得还清楚,二塘河谷流传的那些关于它的故事,他也是坚信不疑的,不然也不会想出这个抵命的办法来。听了我的话,也是出于某种担心和害怕,他才在小溪边站住,愣了那么一下,突然将背箩摔打在嶙峋的乱石中。背箩的敞口瘪下去又弹起来,那条大鱼也跟着噼里啪啦甩出去,身子在一块带有锋利切口的岩石上别一下,这才弹回来,跌落到背背箩老人跟前。他先下意识躲闪一下,不是出于报复,而是巨大的恐惧,整个人跳跃起来,双脚在鱼身上猛地一跺,确保它再无挣扎迹象,又在跳开的瞬间,意欲挥动起柴刀,不管不顾地剁下去。

"不能砍,"我继续大声叫喊,想制止他,"它要死了,我舅外公也会死的。"

这话又把他吓了一跳,整个人往后退了好几步,让我得以蹲下身来,带着诧异,第一次这么真切地仔细端详这

鱼变 | 229

条大鱼，它真的跟我在二塘河谷见到的任何鱼都不像，它的腹鳍有一双粉嫩的小脚，比刚出生的老鼠的脚都小，都嫩。我用手指摸一下，感觉它的脚都滑溜溜的，像几块带有弹力的软胶，几乎可以靠着它们保持平衡和站立了。再看它的身体，靠近背鳍的地方，已被锋利的岩石切开一个两寸长的口子，又被背背篓的老人猛地一踩，鱼骨尽断，鱼身扁平，内脏都从那个口子里飙出来，鱼鳔裂成一块白色的薄皮，浅黄的鱼蛋也碎成散沙，和小溪里的泥沙一并被它自己殷红的血液浸泡着。

更让我惊异的是，遭遇如此粗暴的对待，它身上的鳞片竟无一块脱落。我又用手戳一下，才发现它的身上没有鳞片，它只是长着鳞片形状和花纹的表皮，比薄膜更为厚实，也更有弹性。在我戳它的同时，它的嘴唇张合着，身体又近乎痉挛一般挺了一下，小脚在腹部快速扒拉着。背背篓的老人和我都大吃一惊，以为它那破碎的身子会突然挺立起来，一出溜窜入小溪，藏身水里快速消失。可惜，它根本就没这个机会。背背篓的老人一把将我推开，一直紧握在手里的砍柴刀带着凌厉的风声，咔嚓咔嚓猛剁一阵，直到那条大鱼的全身没有一个部位能让人分辨得出它曾是一条鱼，这才住手，背上背篓，提着柴刀，沿着小溪边的一条黄泥小路，骂骂咧咧地走了。